孩子愛讀的 **漫畫中國經典**

成語故事 ④

謀略篇　幼獅文化　編繪

園丁文化

看漫畫、讀故事、學成語

妙趣橫生的紙上閱讀

　　中文是一種古老而博大精深的語言，有着豐富的詞彙和表達形式。成語是其中一種特有的詞彙，結構固定，言簡意賅，卻極富表現力。

　　成語的數量數以萬計，它們由古代沿用至今，經過數千年的錘煉，而成為中國語言中的精華。它們有的來源於神話傳說，有的來源於歷史故事，還有的來源於各種文學作品。幾乎每一個看似簡單的成語，背後都有令人着迷的故事。這些故事或是記載了一個人的成長與挫折，或是還原了古代帝王治國的策略與手段，或是表現了古人在生活中的智慧與哲學⋯⋯閱讀成語故事，不僅能讓孩子們了解精彩紛呈的中國古代世界，領略古人的智慧，還能讓孩子們加深對成語的理解，進而熟練掌握並運用成語。

這套成語故事，分為《人物篇》、《寓言篇》、《智慧篇》和《謀略篇》4冊，共收錄孩子們在日常生活中常見、常用的220個成語。

　　採用引人入勝的漫畫形式，同時融入中國經典連環畫的特色，獨具中國韻味。漫畫中的人物形象栩栩如生，服飾、場景古色古香。每幅漫畫下配有簡潔、流暢的文字；每個成語都有詳細的釋義及講述完整的成語故事，讓孩子們能輕輕鬆鬆地掌握經典成語背後的歷史、人物、文化精神及深刻寓意。每冊書還精心設計了「成語百寶箱」，將成語分類歸納，幫助孩子們高效記憶，觸類旁通。

　　希望這套圖書可以成為孩子們學習成語的好幫手、好夥伴，並讓孩子們在妙趣橫生的閱讀中領略到中文的魅力。

目錄

謀略篇

按兵不動

釋義：使軍隊暫不行動，等待時機。現在也指接受任務後沒有馬上行動。

1 春秋末期，衛國是與晉國相鄰的一個小國，由於實力薄弱，長期受晉國的壓迫。每年，衛國都要向晉國進貢大量的財物。

2 衛靈公不願再受這種屈辱，於是他與齊景公結為同盟，從此與晉國斷絕了關係。

3 在當時的晉國，大夫趙簡子掌握政權。得知衛國投靠了齊國，他十分惱怒，決定出兵伐衛。

4 趙簡子認為不了解對方的底細就貿然出兵，風險太大。所以，他派史默出使衛國，去暗中探清衛國的情況。

5 可是，一個月過去了，史默沒有如期歸來，趙簡子心裏忐忑極了。

6 轉眼又一個月過去了，還是不見史默的蹤影。有大臣猜測，史默可能已在衛國遇害，建議趙簡子立即下令攻打衛國。

7 趙簡子說：「衛靈公投靠齊國前，肯定已預料到晉國會攻打衛國，做好了準備。史默回來前，我們還是不要輕舉妄動。」

8 又過了很長時間，史默才終於回來。他向趙簡子詳細地報告了衛國的情況。

9 首先，衛靈公罷免了奸臣彌子瑕，拜德才兼備的蘧（粵音渠）伯玉為相國，贏得了民心。

10 其次，為了讓百姓仇恨晉國，衛靈公對外宣布：晉人命令我國，凡有兩個女兒的家庭，必須選一個女兒送到晉國。

11 命令頒布後，衛靈公還專門派人去一些大夫家中挑選女孩，好讓百姓對這件事深信不疑。

12 當送女孩們的隊伍出發時，成千上萬的百姓前來阻攔，不讓她們離開，並憤慨地表示要與晉軍死戰到底。

13 另外，衛靈公還為自己找了一個出謀劃策的好幫手，那就是孔子的弟子子貢。

14 史默說：「這些事說明衛靈公很有才能，而且衛國上下團結一心。如果晉國這時攻打衛國，恐怕會付出巨大的代價。」

15 趙簡子聽了，也認同史默的分析，便下令按兵不動，等待有利時機再做打算。

暗度陳倉

釋義：指正面迷惑敵人，偷偷從側面迂迴襲擊。也指暗中進行某項活動。

1 秦朝末年，各路諸侯起兵爭奪天下。包括劉邦與項羽在內的各路諸侯曾約定：誰先攻入咸陽，誰就能在關中稱王。

2 公元前207年，劉邦率先攻下秦朝都城咸陽，推翻了秦王朝的統治。按理來說，他應該登上關中王的寶座。

3 項羽卻反悔了，他也帶兵進入咸陽，並自封為諸侯的最高首領——西楚霸王。又把秦朝土地分給了十八位諸侯。

④ 劉邦被封為漢王，劃到他名下的封地是偏僻的漢中地區。他對項羽的做法不滿，但懾於其強大的兵力，只得領命而去。

⑤ 在前往封地途中，謀士張良建議劉邦將他們一路走過的幾百里棧道統統燒毀。劉邦聽取了張良的建議。

⑥ 因為棧道是通往關中的交通要道，所以燒毀棧道的做法可以讓項羽放下戒備，使他誤以為劉邦不會再出漢中。

⑦ 進入漢中後，劉邦暗中徵集糧草、訓練軍隊，希望有朝一日能打回關中，與項羽爭奪天下。

8 過了一段時間，劉邦已經做好了與項羽決戰的準備。他在韓信的建議下，高調地派人去重修之前燒毀的棧道。

9 劉邦修棧道一事很快就被駐守關中西部地區的章邯知道了，但他認為棧道一時半刻修不好，所以沒把此事放在心上。

10 但沒過多久，章邯竟收到急報，說劉邦大軍已進入關中的陳倉。原來修棧道只是惑敵之計，劉邦暗中抄小路攻下了陳倉。

11 劉邦大軍長驅直入，不出三個月，就奪取了關中地區。這為他以後擊敗項羽、統一全國奠定了重要的基礎。

暗箭傷人

釋義：暗中放箭傷害別人。比喻背地裏使用陰謀詭計陷害他人。

1 春秋時期，鄭莊公計劃攻打許國。為鼓舞士氣，出兵前他舉行了一場盛大的閱兵式，並在閱兵式上向將士們派發戰車。

2 青年將軍公孫閼（粵音煙）和軍中老將潁（粵音泳）考叔同時看中了一輛戰車。他們爭得面紅耳赤，誰也不讓誰。

3 潁考叔越說越激動，最後一把奪過戰車，將車轅夾在腋下，拉起戰車就跑。公孫閼氣得頭髮直豎，拿起長戟在後面追。

4 潁考叔雖然上了年紀，但體格健壯，拉起戰車來健步如飛。年輕的公孫閼怎麼也追不上他。眾人都被這一場景逗樂了。

5 公孫閼羞愧得滿臉通紅，他恨恨地想：「哼，潁考叔你給我等着，總有一天我要讓你知道我的厲害！」

6 幾個月後，鄭莊公正式出兵許國。鄭軍士氣高昂，長驅直入，沒過多久就衝殺到了許國都城外。

7 潁考叔想奪下城池向鄭莊公邀功。攻城的號角一吹響，他便扛着鄭國的大旗，冒着如雨點般襲來的利箭衝在最前面。

8 他率先攀爬雲梯，登上了城頭。砍殺了城上的士兵後，他站在城頭，得意地揮舞着大旗。

9 站在城下的公孫閼望見潁考叔得意忘形的樣子，又嫉妒，又惱火，漸漸起了殺心。他偷偷彎弓搭箭，對準潁考叔射去。

10 這支冷箭射中了潁考叔，只聽見「啊」的一聲慘叫，他便從城頭跌落下來，兩腿一蹬身亡。

11 同行的將領以為潁考叔是慘死在敵人的利箭之下，悲痛萬分。他扛起大旗，號令士兵們奮勇殺敵，為潁考叔報仇。

12 最終，鄭軍攻破了許國都城。許莊公被迫逃亡到衛國去了，許國的土地都歸入了鄭國的版圖。

13 戰爭結束後，鄭莊公一一犒賞有功的將士。公孫閼也堂而皇之地站在隊伍中，接受鄭莊公的犒賞。

14 埋葬潁考叔時，有人發現他身上的箭是由鄭國工匠所製，大家這才明白潁考叔是被自己人殺死的。

15 鄭莊公下令追查，但並沒找到兇手。他沒辦法，只得用豬、雞等牲畜祭祀上天，來詛咒那個放暗箭殺害潁考叔的人。

別開生面

釋義：原指畫像重新繪製，面目一新。後來比喻另外開創新的風格、形式或局面。

1 唐代畫家曹霸是曹操的後代，他最擅長畫人物和馬。當時的人們都爭相收藏他的畫作。

2 他的名聲漸漸傳到了長安，唐玄宗看過他的畫作後，很是喜歡，經常召他進宮當場作畫。

3 宮裏凌煙閣的牆壁上，畫有許多唐朝開國功臣的肖像，但這些畫像隨着時間的流逝，大多已顏色剝落，失去了往日的風采。

4 唐玄宗見曹霸畫功如此高超，便命他重新繪製凌煙閣內的畫像。

5 閣內的畫像原是由著名畫家閻立本所繪，要在原來的基礎上重繪，不是簡單的事。曹霸每天都在仔細琢磨那些畫像。

6 他還翻閱了大量史料，研究各個開國功臣的相貌特點。

7 他精心構思了一段時間後，才下筆繪製。不久，畫像終於繪製完成，重放光采，並以嶄新的風格展現在人們面前。

8 唐玄宗十分滿意，賞賜給他大量禮物，還封他為左武衛將軍。

9 唐玄宗到了晚年，縱情聲色，長期不理政事，導致國家出現動亂。曹霸被迫流落成都街頭，靠幫人畫像為生。

10 詩人杜甫得知曹霸也在成都，馬上到城裏尋訪。幾經打聽，他終於在街頭找到了為人畫像的曹霸，不禁百感交集。

11 杜甫寫了詩贈給曹霸。這首詩以「凌煙功臣少顏色，將軍下筆開生面」兩句讚歎曹霸的畫功，「別開生面」一詞由此而來。

兵不血刃

釋義：兵器的刃上未沾染血跡。形容戰鬥還沒有開始就取得了勝利。

1 郭默是東晉時期的一位將領。他驍勇善戰，威名在外，敵軍都十分懼怕他。

2 但郭默一向驕橫跋扈，不把任何人放在眼裏。有一次，郭默因為私人恩怨殺死了江州刺史劉胤，還佔領了他的府邸。

3 事後，郭默竟然還偽造詔書，向各州郡通報：劉胤因謀反而被誅殺。

21

4 宰相王導忌憚他的軍事勢力，最終郭默不僅沒有被依法懲處，反而加封了官職。

5 名將陶侃（粵音罕）聽說此事後，立即上書朝廷請示討伐郭默。為了爭取王導的支持，他還給王導寫了一封信。

6 信中說：「郭默殺了州官，就升他為州官；如果他殺了宰相，難道也讓他做宰相嗎？」王導看到後如同醍醐灌頂。

7 經過一番考慮，王導立即派陶侃率領軍隊前去討伐郭默。因為陶侃精通兵法，戰功赫赫，前去討伐定能取勝。

8 眼看陶侃的軍隊一天天逼近江州，郭默心裏十分忐忑，最後他決定棄城而去，帶軍南下。

9 誰知，郭默還沒有動身，陶侃的軍隊就已經火速趕到，將江州城團團圍住了。

10 郭默左右為難：與陶侃對陣，又怕兵敗後自身難保；開城投降，又怕朝廷會治他死罪。

11 就在郭默猶豫不決之際，陶侃的軍隊向江州發起了猛烈的進攻。

12 城門將破時，郭默身邊的一個將領打起了小算盤：陶侃要對付的是郭默一人，只要將他獻出去，大家都能保住性命。

13 想到這兒，他悄悄拔出了腰間的寶劍，以迅雷不及掩耳之勢一步衝上前去，將鋒利的寶劍架在郭默的脖子上。

14 郭默大驚失色，忙喊人來救。可眾將士早就生了異心，他們不但沒有救郭默，反而紛紛撲上來將郭默按倒在地。

15 接著，他們打開城門投降，將五花大綁的郭默獻給了陶侃。陶侃帶領的將士們兵器都沒有沾上一滴血，就得勝回朝。

兵貴神速

釋義：用兵貴在行動迅速。泛指處理問題貴在迅速、果斷。

① 東漢末年，各路諸侯割據一方。袁紹憑藉聲望和實力，佔據冀州、青州、幽州、并州四州，成為北方最大的割據勢力。

② 當時，曹操挾天子以令諸侯，是袁紹稱帝的主要障礙。公元200年，袁、曹兩軍在官渡決戰，袁紹戰敗後憂憤而死。

③ 袁紹有三個兒子——袁譚、袁熙、袁尚，以袁尚最受寵，繼承了爵位。袁譚不滿，多次與袁尚兵戎相見，卻屢戰屢敗。

4 走投無路下，袁譚投靠了宿敵曹操，可沒過多久他就叛變了。曹操一怒之下，率軍攻陷南皮，殺死了袁譚。

5 袁熙、袁尚懼怕曹操，只得投奔遼河流域的烏桓首領蹋頓單于。蹋頓以幫袁氏收回故地為由，多次南下騷擾邊境。

6 為了消滅袁氏的殘存勢力，並打擊蹋頓的囂張氣焰，公元207年，曹操在謀士郭嘉的建議下率軍北征烏桓。

7 曹軍需遠赴千里之外作戰，因此攜帶的軍用物資很多，導致行軍速度非常緩慢。

8 郭嘉看在眼裏，急在心裏。他對曹操說：「用兵最可貴的是行動迅速。如果烏桓知道我軍來襲，必定會做好準備。」

9 曹操忙問郭嘉有何對策。郭嘉說：「丟棄笨重的物資，輕裝前行，以最快的速度攻打烏桓就能取勝！」曹操聽取建議。

10 曹軍丟掉笨重的物資後，很快就到達了蹋頓的駐地，將烏桓軍殺個措手不及。這一戰烏桓一敗塗地，蹋頓也死於亂軍之中。

11 袁尚、袁熙見烏桓兵敗，只得趁亂逃到遼東，但最終被太守公孫康所殺。

乘人之危

釋義：趁別人有危難時，去要脅或侵害人家。

1 東漢時，蓋（粵音鴿）勳擔任漢陽郡太守的屬官——長史。涼州刺史梁鵠（粵音酷）是蓋勳的好友，兩人時常談論政務。

2 梁鵠管轄範圍內的武威郡，太守名叫黃峻，他仗着自己在朝中有後台，貪贓枉法、霸佔良田。百姓都敢怒不敢言。

3 梁鵠不想惹事上身，對黃峻的所作所為睜一隻眼閉一隻眼。他手下的從事蘇正和卻不畏強暴，依法徹查了黃峻的罪行。

4 梁鵠擔心蘇正和會因此事得罪朝中權貴，以致連累自己，便想暗中除掉蘇正和，以保住自己的烏紗帽。

5 他思來想去，一直拿不定主意，便決定去找好友蓋勳商量。

6 剛巧蓋勳與蘇正和有仇怨。梁鵠未到，就有人向蓋勳透露，梁鵠對蘇正和懷有殺心，建議他借梁鵠之手除掉舊敵。

7 誰知，蓋勳斬釘截鐵地拒絕了：「為個人恩怨而殘害忠良，是為不忠；趁別人危難之際加以陷害，是為不仁。」

29

8 沒過多久，梁鵠果然來到了漢陽，與蓋勳商量如何處置蘇正和之事。

9 蓋勳說：「人們餵養鷹鶿，是為了讓牠們捕捉獵物。現在你已訓練好一隻，卻想把牠殺掉，那你之前為何要養牠呢？」

10 聽了蓋勳的話，梁鵠打消了殺死蘇正和的念頭。蘇正和聽說後，十分感激蓋勳，多次登門道謝，可蓋勳一直避而不見。

11 有人問蓋勳為什麼不見蘇正和，蓋勳回答：「我勸梁鵠不殺蘇正和是公事，他用不着感謝我。」

懲前毖後

釋義：指將以前的錯誤作為教訓，謹防以後重犯。毖（粵音秘），意指小心謹慎。

1 西周時期，周武王臨終前，將王位交給了兒子姬誦，也就是成王。由於成王年齡尚小，周武王囑託弟弟周公姬旦輔政。

2 周公盡心盡力輔佐成王。相傳他在吃飯的時候聽到有人來報告事情，會立刻把口中的飯吐出，與人交談。

3 在洗頭的時候，如果臨時有要事處理，他會馬上用手握着濕漉漉的頭髮開始辦公。

④ 周武王的弟弟管叔十分嫉妒周公，便聯絡另外兩個弟弟——蔡叔、霍叔，到處散播謠言，說周公有謀權篡位之心。

⑤ 成王聽到這些傳言後，也漸漸對周公產生了懷疑。周公為了避嫌，只好辭官離開了京城。

⑥ 周公一走，管叔等人就開始暗地裏勾結前朝紂王的兒子武庚，準備發動叛亂。

⑦ 成王接到密告後，驚慌失措，連忙召周公回朝，應對此事。

8 周公應召回京，很快他就親自率兵討伐武庚，平定了叛亂。

9 叛亂平息後，周公將有謀反之心的管叔等人或流放，或處死。

10 後來，周公依然事無鉅細地幫助成王處理政務。成王長大後，周公認為他可以獨當一面了，才把政權交還給他。

11 成王接管朝政當天，在宗廟祭祀祖先。他回顧以往輕信管叔等人時說：「我今後一定懲前毖後，以免再生禍端。」

懲一儆百

釋義：處罰一個人以警戒眾人。

1 西漢時期，河東太守田延年到平陽視察時，發現尹翁歸是個不可多得的人才，便將他調到自己手下當差。

2 尹翁歸精明幹練，執法如山。田延年對他青睞有加，沒過多久就向皇帝舉薦尹翁歸為東海太守。

3 當時東海郡管理混亂，治安不佳，許多豪強漠視法律、橫行霸道，到此地做太守算得上是棘手的差事。

4 尹翁歸到任後，首先着手解決管理混亂的問題。他廣泛搜集材料，建立檔案，並常翻閱資料，以快速掌握東海郡的情況。

5 之後，尹翁歸考慮如何震懾當地的豪強。許仲孫是當中勢力最大的一個，他常欺壓百姓，控訴他的狀子堆積如山。

6 歷代太守都害怕許仲孫的勢力，不敢動他一根毫毛，有的甚至收受他的賄賂，與他勾結在一起。

7 尹翁歸決定先從許仲孫入手，希望通過處罰他一人來達到警戒眾人的效果。

8 尹翁歸先是派人展開全面調查，查清許仲孫昔日的種種犯罪事實。

9 掌握了許仲孫的所有罪證後，尹翁歸立即下令將許仲孫逮捕。許仲孫仗着自己在朝中有後台，被捕後仍然十分囂張。

10 尹翁歸一點都不懼怕許仲孫的各種威脅，在熱鬧繁華的菜市場將他斬首了。

11 當地的大小豪強都被尹翁歸的這一舉動嚇到了，再也不敢胡作非為。東海郡的百姓終於過上了太平日子。

出奇制勝

釋義：出奇兵或奇計戰勝敵人。後比喻用對方意想不到的方法取得勝利。

1 戰國時期，燕國大將樂毅率軍攻打齊國，一連攻下了齊國七十多座城池。

2 燕軍士氣高昂，直奔齊國僅存的兩座城池之一——即墨。即墨大夫在與燕軍對抗時受傷，沒多久就因傷勢過重去世了。

3 田單因出身齊國宗室，被推舉為將軍。他深知燕軍實力強勁，樂毅有勇有謀，故上任後一直讓士兵們在城中堅守不出。

4 一天，有個探子來報，說燕昭王死了，繼位的燕惠王向來與樂毅有矛盾，因此不太信任樂毅。

5 聽到這消息，田單想到了妙計。他暗中派人到燕國散布謠言，說即墨久攻不下，是因為樂毅想收買人心，自己當齊王。

6 燕惠王聽到這一謠言，信以為真，馬上派心腹去替換樂毅。

7 調走了樂毅，事情就好辦多了。田單先是叫幾個士兵扮成富商，到騎劫營中假意投降，並透露城中將士也準備投降。

8 這個假消息在燕軍中一傳十，十傳百。燕國士兵都覺得勝利在望，一下子就放鬆了警惕。

9 接着，田單開始布置火牛陣。他命人找來一千頭牛，給牠們披上五彩龍紋衣，雙角綁上尖刀，尾巴繫上草把。

10 然後，田單又從眾多士兵中選出了五千名壯漢。這五千壯漢組成了一支「敢死隊」，他們的臉上都塗了油彩。

11 午夜時分，田單命士兵在城牆上鑿開幾十個大洞，然後將牛牽到洞口前。

12 一聲令下，牛尾上的草把被點燃。一千頭尾巴着火的牛，發瘋似的衝向燕軍軍營。五千名畫着花臉的壯漢手執長刀緊隨其後。看到這樣一羣「怪物」衝殺過來，燕國將士們個個嚇得兩腿發軟，魂飛魄散。

13 霎時間被牛踩死、被牛犄角上的尖刀和壯漢的長刀殺死的燕國士兵不計其數。騎劫也在混亂中被殺。

14 就這樣，田單憑藉奇計、奇兵大獲全勝。之後，他率領軍隊乘勝追擊，收回了之前被燕國佔領的所有土地。

處心積慮

釋義：存着某種想法，早已有了打算，形容用盡心思地謀劃某事。

1 春秋時期，鄭武公的妻子武姜在生莊公時難產，因此她非常厭惡莊公這個大兒子，對小兒子共叔段卻百般寵愛。

2 武姜多次游說鄭武公，讓他立共叔段為繼承人，但廢長立幼不符合古代的繼承制度，所以鄭武公怎麼也不肯答應。

3 鄭武公去世後，莊公即位。武姜肆意干預朝政，請求莊公將京邑分封給共叔段。莊公毫不猶豫地答應了。

④ 共叔段野心勃勃，去到封地後，暗中發展勢力。城牆是一座城池的屏障，共叔段做的第一件事就是命人將城牆加長。

⑤ 當時封地的城牆長度是有嚴格規定的。鄭國的大臣馬上向莊公報告了此事，可莊公一點都不把這件事放在心上。

⑥ 共叔段越發放肆了。他開始招兵買馬，日夜加緊訓練軍隊。沒過多久，他就帶兵佔領了京邑附近的兩座城池。

⑦ 朝中大臣無不對此事感到憂心忡忡，多次上報莊公，莊公卻還是不管不顧。

8 經多次試探，共叔段認為莊公無力管束自己，篡奪王位的時候到了。他趁莊公離開國都辦事之際，領軍往國都殺來。

9 誰知，莊公早就覺察到共叔段意圖謀反。他帶領二百輛戰車殺了個回馬槍，一舉佔領了共叔段的京邑。

10 共叔段就這樣丟失了最重要的封地。後來他為了躲避莊公的追殺，只得倉皇逃出了鄭國。

11 有人在評價這段史實時說，鄭莊公太陰險了，一直放任共叔段，使他野心不斷增長，處心積慮地將他推向了絕路。

打草驚蛇

釋義：打草時驚動伏在草中的蛇。後多比喻因做法不謹慎，反使對方有所戒備。

1 五代時，南唐當塗縣縣令王魯利用手中職權，貪贓枉法，假公濟私，從百姓身上搜刮了不少錢財。

2 上樑不正下樑歪，衙門中的大小官吏見縣令這樣，也都心照不宣地串通一氣，對百姓敲詐勒索。

3 當塗縣百姓對這幫貪官恨之入骨，一直希望有人能好好懲治一下他們，出出心中的怨氣。

4 有一次，王魯手下的主簿貪污受賄，把一個農夫逼急了。

5 農夫一怒之下，聯合幾個人寫了一張狀子，控告主簿。升堂後，王魯裝模作樣地讓衙役從農夫手中接過狀子。

6 他打開狀子一看，頓時嚇得心驚肉跳。原來上面列舉的雖然是主簿的罪行，但都與他平日所做的壞事大同小異。

7 「這……這說的不就是我嗎？」他一邊看，一邊自言自語，豆大的汗珠從他的額頭上滾落下來。

8 他故作鎮定地合上狀子，對前來告狀的農夫說：「此案案情複雜，待我調查後再審理。你先退下吧！」

9 退堂後，他拿着那份狀子，急得在屋裏踱來踱去，心想：「今天控告的是主簿，再過些日子百姓不會控告到我頭上吧？」

10 慌亂中，他在狀子上寫道：「汝雖打草，吾已驚蛇。」意思是：你雖然打的是草，可是我這條藏在草裏的蛇已被驚嚇。

11 後來，大家就根據王魯所寫的這八個字，引申出「打草驚蛇」這個成語。

東山再起

釋義：比喻隱退後復出任職，或者失勢後重新得勢。

1 謝安是東晉時期的名士。他才思敏捷，能言善辯，還寫得一手好字，年紀輕輕便在社會上享有很高的聲譽。

2 謝安的父親和兄弟都在朝中為官，他自己也在朝廷擔任著作郎，負責編寫國史。

3 謝安淡泊名利，無心於官場。後來，他乾脆以生病為由，辭去官職，隱居於會稽郡的東山。

4 在東山隱居期間，謝安與王羲之、許詢等名士遊山玩水、吟詩作賦，好不快活。

5 由於謝安聲名在外，當時的揚州刺史庾冰多次前去招攬他。謝安推脫不了，只好勉強應召。

6 但一個多月後，謝安又辭官回去了，繼續過他逍遙自在的隱居生活。

7 後來，吏部尚書范汪舉薦他為吏部郎，他也堅決拒絕了。

8 謝安四十多歲時，家族裏不少當官的人先後去世，弟弟謝萬也因戰敗而被貶為庶人。家族的衰敗使他萌生了出仕之意。

9 恰好此時征西將軍請他出任司馬一職，他便答應了。謝安出發前往任職之地時，許多官員前來為他送行。

10 一位叫高崧的人說：「你過去高臥東山，悠閒自在。我們常說謝安不出仕，百姓怎麼辦？幸好如今你出山了。」

11 謝安出山後，因為很有政治和軍事才能，不斷得到提拔，先後做過侍中、宰相等。

對症下藥

釋義：根據病症開方用藥。比喻針對問題，採取相應措施。

1 華佗是東漢末年的名醫，精通各科醫術。不管遇到什麼疑難雜症，他都能一一解決，藥到病除。

2 有一次，一個叫倪尋的人感到頭痛發熱，吃了許多藥都不見好轉，便去找華佗。華佗診斷後，給他開了點瀉藥。

3 倪尋還沒走，又有一個叫李延的病患來了。他雙手捂着頭，也說自己頭痛發熱好幾天了，非常難受。

4 倪尋一聽，覺得此人症狀和自己的一模一樣，便安慰他說：「沒事，我的症狀和你一樣，大夫說吃點瀉藥就好了。」

5 華佗卻沒有說話，只是默默地為李延把脈。過了一會兒，華佗遞給李延一張寫好的藥方。

6 李延忙低頭看藥方，倪尋也湊過去看。然而，上面所寫的藥與倪尋要用的完全不同！兩人頓時愣住了。

7 華佗這時才捋着鬍子說：「你們兩人的病症雖然一樣，但是病因不同，藥方當然也不一樣。」

8 倪尋一聽，忽然便想起了什麼，忙說：「我前幾日與朋友飲酒聚會，回來以後就覺得身體不舒服了。」

9 李延一拍腦袋，說：「我昨日與家人登高望遠，可能在山上受了涼，回來就病了。」

10 華佗哈哈大笑道：「那就對了，倪尋的病是因為飲食過量，傷及腸胃；李延的病則是外感風寒，受了涼而引起的。」

11 倪尋、李延向華佗道謝後，拿着藥方高高興興地回去了。兩人吃了藥後，病果然很快就好了。

多多益善

釋義：原指帶兵越多越能打勝仗。現泛指越多越好。

1 韓信是漢高祖劉邦的大將，曾為劉邦出謀劃策、衝鋒陷陣，是西漢的開國功臣之一。

2 劉邦稱帝後，越發多疑，生怕手中握有兵權的韓信會背叛自己。所以，他解除了韓信的兵權，將其改封為「楚王」。

3 不久，劉邦接到密告說韓信想謀反，於是他假稱自己準備巡遊雲夢澤，讓韓信來見他。韓信一到，劉邦就下令將他逮捕。

4 後來，劉邦查清了真相，知道韓信沒有謀反之心，便放了他，但把他貶為淮陰侯。韓信心中十分不滿，但也無可奈何。

5 劉邦知道韓信的心思，時常召他進宮閒聊。這天，劉邦與韓信聊起朝中將領的才能，要韓信點評一下他們。

6 韓信十分自負，根本不把那些人放在眼裏。劉邦聽了，便問他：「依你看，我能統領多少人馬呢？」

7 「陛下，您能統領十萬人。」韓信不假思索地回答。

8 劉邦又問：「那你呢？」韓信哈哈大笑道：「我當然是越多越好啊！」

9 劉邦見韓信如此狂妄，心中十分不悅，面帶怒色地問：「那你為什麼還願意為我效命呢？」

10 韓信這才發現自己說錯了話，連忙跪在地上說：「陛下雖然不擅於指揮士兵，但有駕馭將領的能力啊！」

11 雖然韓信將話圓了過去，但之後劉邦對他越來越不信任。後來，韓信被劉邦的皇后呂后設計殺害。

爾虞我詐

釋義：形容互相欺騙，互不信任。

1 春秋時期，楚莊王命申舟出使齊國。由於宋國弱小，楚莊王便讓申舟不必遵循禮儀，直接從楚國穿宋國而過，到達齊國。

2 但當時只有在經過附屬國時，使者才不需提前向這個國家報備。申舟直接穿越宋國的做法，惹怒了宋文公，最後他被處死。

3 楚莊王聽到這一消息後勃然大怒，命大將子反立即率軍攻打宋國都城睢陽。

④ 宋國軍民同仇敵愾，上下一心，楚軍拚盡全力，也未能攻破睢陽。戰爭持續了將近一年，楚軍疲憊不堪，士氣大減。

⑤ 楚莊王打算撤軍回國。這時，有人向他獻計，讓士兵在城外建房種田，營造要長期圍困宋國的氛圍，逼迫宋國投降。

⑥ 楚莊王大喜，傳令讓子反依計行事。果然，宋國人在城頭上看見楚軍建房種地的情景，都不禁大驚失色。

⑦ 宋國大夫華元擔心睢陽會失守，便決定先下手為強。當天夜裏，他帶着一把匕首，偷偷潛進了楚將子反的營帳中。

8 他將子反從牀上一把拽起，晃了晃匕首，說：「宋國人寧願戰死，也不投降。馬上讓楚軍撤退，與我國訂立和約！」

9 子反嚇得連連答應，還當即發誓：「我無爾詐，爾無我虞（意思是我不欺騙你，你也不欺騙我）。」

10 後來，子反寫信將此事告訴了楚莊王。楚莊王見宋國人以死抗爭，覺得取勝不易，便讓子反與華元簽訂了和約。

11 和約上寫着「我無爾詐，爾無我虞」這句話。後來，這句話被人們概括為「爾虞我詐」，但意思與原來的完全相反。

反客為主

釋義：指客人反過來成為主人。比喻將被動變為主動。

1 三國時，為收復被曹操奪走的漢中地區，劉備、諸葛亮派老將黃忠、謀士法正奪取漢中的戰略要地——定軍山。

2 黃忠多次領兵到定軍山下挑釁，駐守此處的曹將夏侯淵卻堅守不出。一連幾天過去都沒攻下城來，黃忠感到十分鬱悶。

3 不久，曹操計劃派兵增援定軍山，夏侯淵急於在援兵到來前取勝立功，便派夏侯尚下山挑戰，企圖引誘黃忠進入埋伏圈。

④ 黃忠派部將陳式率一千人馬迎戰。雙方交戰不久，夏侯尚便詐敗撤退。

⑤ 陳式不知這是對方的計謀，率兵追趕。誰知，他們剛進入山口，就遭到了曹軍的伏擊。陳式最後被曹軍生擒了。

⑥ 黃忠忙與法正商議對策。法正說：「我們可拔寨前行，步步為營，逼使夏侯淵出戰，然後將他擒住，變被動為主動。」

⑦ 黃忠依計將營寨慢慢前移。夏侯淵見敵軍包圍圈逐漸縮小，只得派夏侯尚出戰。黃忠只用一個回合便捉住了夏侯尚。

8 第二天，兩軍在山谷開闊處布好陣，交換俘虜。陳式、夏侯尚各往本陣奔去。夏侯尚剛跑到曹軍陣前，就被黃忠一箭射死。

9 夏侯淵大怒，拍馬來與黃忠交戰。兩人戰了多個回合。曹軍怕夏侯淵有閃失，趕緊鳴金收兵，夏侯淵只得領兵撤退。

10 此後，黃忠聽從法正的建議，佔領了定軍山對面的一座高山。在那裏可以清楚地觀察到曹軍的一舉一動。夏侯淵被蜀軍這一舉動激怒，貿然出擊，結果被黃忠一刀砍死了。主將一死，曹軍頓時大亂，黃忠趁勢佔領了定軍山。

防微杜漸

釋義：在壞思想、壞事情剛剛露出苗頭時就加以防備，阻止其蔓延發展。

1 公元88年，漢章帝去世，太子劉肇即位，也就是漢和帝。漢和帝當時還不到十歲，無法處理政事，竇太后便替他臨朝。

2 竇太后並不是漢和帝的生母，她想獨掌政權，所以不斷發展自己的勢力。她先是將哥哥竇憲提拔為侍中，掌管朝廷機密。

3 接着，她又讓竇篤、竇景、竇瓌等竇氏兄弟在朝中擔任要職。就這樣，她慢慢地將政權統一於自己手中。

4 大臣丁鴻是個忠義之人，他一直都對竇氏專權感到不滿和氣憤，只是暫時沒有想到辦法來為國家除掉這一禍根。

5 公元92年，國都發生了日全食。當時的人都很迷信，認為日全食是不祥的徵兆。

6 丁鴻心中大喜，認為時機已到，便立即寫了一封奏摺呈給漢和帝。

7 丁鴻寫道：「這次日食暗示竇氏的權勢已對國家造成巨大危害。任何壞事情都應在萌芽時被遏制，防止其進一步惡化⋯⋯」

8 此時，漢和帝已經十三歲，他早就想徹底剷除竇氏了。看到丁鴻的奏摺，他深受觸動，決定立即行動。

9 他秘密宣丁鴻進宮，讓他擔任太尉、衛尉（太尉即最高的軍事長官，衛尉為統率守衛宮禁之官）兩職，進駐南北二宮。

10 之後，他果斷撤掉了竇憲的官職。竇氏兄弟知道這是漢和帝問罪竇氏家族的前奏，怕罪責難逃，所以紛紛自殺了。

11 竇氏兄弟一死，竇太后便失去了羽翼。後來，她被漢和帝囚禁在冷宮中，沒過幾年就病死了。

釜底抽薪

釋義：從鍋底下抽掉柴火。比喻從根本上解決問題。

1 南北朝時期，東魏權臣高歡手下有一名叫侯景的得力助手。高歡很信任侯景，交給他十萬軍隊鎮守河南。

2 臨行前，侯景私下對高歡說：「領兵在外，多有意外。如果你寫信給我，請在上面加小點，以防小人行詐。」

3 不久，高歡得了重病。高歡的兒子高澄知道侯景一向看不起他，便想趁父親去世之前，奪回侯景手中的兵權。

4 於是，他冒充高歡的筆跡給侯景寫信，讓侯景收信後立刻趕回京城。他不知道高歡與侯景有密約，因此信上沒有加點。

5 侯景將那封信反覆看了幾遍，發現上面沒有畫小點，便明白這是一封偽造的信。他因此找了個藉口拒絕回京。

6 一年後，高歡去世了。侯景知道高澄一定會找機會除掉自己，便決心反叛，將河南的大片土地獻給了西魏。

7 西魏丞相宇文泰擔心侯景不是真心投降，多次示意侯景交出軍權，入朝做官，但侯景不肯，只是伺機行事。

8 就在這時，高澄知道了侯景叛變的事情，他立即命大將慕容紹宗率軍攻打侯景。

9 侯景走投無路，無奈之下只得派使者向梁朝的梁武帝求援。

10 梁武帝不聽大臣勸阻，接受了侯景的投降，派他的姪子蕭淵明帶五萬精兵前去救援侯景。

11 得知梁武帝出兵，高澄又急又怒，忙讓大臣魏收寫了一篇名為《為侯景叛移梁朝文》的文章，勸阻梁武帝出兵。

12 文章寫道：「梁朝若不去援助侯景，如燒水時將鍋底的柴火抽掉，清除雜草時將草根除掉，能從根本上解決問題。」

13 但是這篇文章沒有打動梁武帝，他仍按原來的計劃出兵援助侯景。

14 結果，慕容紹宗打敗梁軍後，又將侯景的軍隊擊潰。侯景只能帶着殘兵敗將，投奔梁朝。

15 第二年，侯景又率軍反叛，攻破了梁朝國都建康。梁武帝憤恨而死。後來，侯景自立為帝，不過沒多久就被部下殺死。

覆水難收

釋義：倒在地上的水無法收回來。比喻事情已成定局，無法挽回。

1 商朝時，有個叫姜子牙的人。由於家境貧寒，他做過屠夫、小販，但他有着報效國家的遠大志向，一直不忘鑽研各種知識。

2 但一直到了白髮蒼蒼的年紀，姜子牙也沒實現抱負。眼見紂王日漸殘暴，姜子牙十分失望，乾脆與妻子馬氏隱居於渭水邊。

3 姜子牙常到磻（粵音盤）溪垂釣，可他用的釣竿很短，魚鈎是直的，上面也沒魚餌。別人笑話他時，他總說：「願者上鈎。」

4 馬氏本來就嫌棄姜子牙窮，現在日子過得越來越拮据，姜子牙卻還成天出去釣魚，她非常不滿，決心離開姜子牙。

5 姜子牙一再勸馬氏留下，並發誓有朝一日定會讓她享盡榮華富貴。馬氏嘲笑他在做白日夢，頭也不回地走了。

6 沒過多久，姜子牙在釣魚時遇到了外出狩獵的周文王姬昌。姬昌被姜子牙獨特的垂釣方式吸引，前去與他攀談。

7 姬昌發現姜子牙滿腹經綸，尤其精通政治和軍事。他非常激動，立即請姜子牙出山，輔助他治理國家。

8 姜子牙被拜為國相，盡心盡力為姬昌出謀劃策。姬昌死後，他又幫助周武王姬發滅了商朝，建立西周王朝。

9 聽說姜子牙飛黃騰達了，馬氏非常後悔，哭哭啼啼地找上門去，請求與姜子牙恢復夫妻關係。

10 但姜子牙早已看透了馬氏的為人，他將一壺水倒在地上，說：「如果你能把地上的水重新收回壺中，我便與你復合。」

11 地上的水早就滲到泥土中去了，怎麼可能被收回來呢？馬氏見姜子牙如此決絕，明白再怎麼鬧也沒用，只好灰溜溜地走了。

孤注一擲

釋義：賭博時把所有的錢一次投做賭注，一決勝負。比喻用盡所有力量冒險行事，以求僥倖成功。

1 公元1004年，北方的遼國突然發兵侵犯中原。剽悍的遼軍勢如破竹，長驅直入，一路打到了河北澶（粵音蟬）州。

2 澶州距北宋都城開封不到四百里，消息傳來，朝廷上下人心惶惶，大臣們紛紛向宋真宗建議遷都避難。

3 宰相寇準不僅極力反對，還勸說宋真宗前往澶州督戰，以振士氣。宋真宗覺得寇準的話很有道理，便採納了他的建議。

4 果然，駐守澶州的將士們見宋真宗親率三軍前來，大受感動，士氣高漲，將遼軍打得落花流水，最終大獲全勝。

5 戰爭結束後，宋、遼雙方簽訂了歷史上有名的和約「澶淵之盟」。在此後相當長的一段時間裏，兩方和平共處。

6 寇準因為此事，很受宋真宗器重。一個叫王欽若的奸臣見了，十分嫉妒，便想方設法在宋真宗面前中傷寇準。

7 有一次，王欽若陪宋真宗賭錢。開始的時候，他故意連輸了幾把。最後，他把剩下的錢全都做了賭注，輸了個精光。

8 宋真宗高興得哈哈大笑，連連搖頭說王欽若這樣做實在太愚蠢。

9 王欽若說：「賭徒把餘錢全拿出來挤一把，是『孤注一擲』。您當年去澶州，不就是當了寇準這個『賭徒』的『孤注』嗎？」

10 宋真宗仔細回想了一下當時的情景，覺得王欽若說得有道理，便慢慢不再信任寇準。

11 後來，宋真宗對寇準越來越冷淡，最後乾脆罷免了寇準的相職，讓他到陝州做知州去了。

機不可失

釋義：機會難得，不可錯過。

1 唐初，各地存在着許多割據勢力，其中以江陵地區的蕭銑（粵音癬）實力最強大，對唐朝的統治構成了嚴重的威脅。

2 為了平定天下，唐太宗李世民派名將李靖率領大隊人馬前去攻打蕭銑。

3 李靖接到命令後，日夜加緊訓練水師、建造戰艦，為即將到來的大戰做好準備。

4 密探得知這一情報後，急急忙忙趕回江陵向蕭銑報告。

5 蕭銑聽了，大笑着說：「三峽地勢險峻，現在又到了洪水氾濫的季節，難道李靖的軍隊能飛過長江嗎？」

6 聽到蕭銑這麼說，本來嚇得臉色大變的部將們都鬆了一口氣，再也沒有把那支「虛張聲勢」的敵軍放在心上。

7 沒過多久，李靖率領的軍隊經過長途跋涉來到了長江邊。只見江水橫溢，白浪滔天，眾將士見了無不心驚膽戰。

8 一位將領勸阻李靖：「此處地勢險峻，江水洶湧，強行渡江十分危險，不如等洪水退去再進軍吧！」

9 李靖卻堅定地說：「兵貴神速，機不可失！蕭銑現在一定毫無防備，只要我們衝殺過去，一定能打他個措手不及！」

10 在李靖的指揮下，將士們乘坐二千多艘戰艦，順急流而下。

11 很快，李靖的軍隊順利渡過長江，並以迅雷不及掩耳之勢佔領了江陵。蕭銑走投無路，最終只得投降於唐朝。

借花獻佛

釋義：用別人的花進獻給佛祖，比喻拿別人的東西做人情。

1 相傳，很久以前，一個小山村裏出現了嚴重的蝗災。遮天蔽日的蝗蟲把地裏的莊稼都啃光了。

2 禍不單行，這一年山上的老虎也特別多，村裏的牲口接連被老虎吃了，還有幾個村民也不幸被老虎所傷。

3 村民們很不安，紛紛到寺廟中燒香拜佛，虔誠地祈求佛祖保佑他們。

④ 天上的佛祖得知這一情況後，非常同情村民們，決定到人間走一趟。

⑤ 佛祖很快就降臨到人間，先是施展法術，幫助村民們趕走了田地裏的蝗蟲。

⑥ 之後，佛祖又幫助村民們馴服了山中那些兇猛殘暴的老虎。

⑦ 村民們終於恢復了正常的生活，他們十分感謝佛祖，紛紛帶着水果、糕點等貢品來敬獻佛祖。

8 這天，寺廟裏又來了一位村民。他穿得破破爛爛，渾身上下髒兮兮的，手裏卻拿着一枝鮮豔美麗的鮮花。

9 他恭敬地將這枝鮮花獻給佛祖。佛祖見他的打扮與那枝鮮花很不相稱，忍不住問：「你需要我幫忙嗎？」

10 那人說：「佛祖，實不相瞞，我很窮，連這枝花都是借來的。可我不是來求富貴，而是來感謝祢救了我們全村人的命！」

11 佛祖聽了很感動，便讓村裏所有的窮人都擺脫了貧窮。從此以後，大家都過上了豐衣足食的生活。

居安思危

釋義：處在安定的環境時，能想到可能會出現的危難。形容要隨時有應對意外事件的思想準備。

① 春秋時期，在晉國北邊有許多少數民族遊牧部落，他們被統稱為戎狄。戎狄經常南下侵擾晉國邊境。

② 晉國大臣魏絳（粵音降）認為，晉國要與楚國爭霸，就要聯合戎狄，穩定北方，所以他勸諫晉悼公與戎狄結盟。

互不侵犯 盟約

③ 晉悼公採納魏絳的建議，親自到北方與各部簽訂互不侵犯的盟約。晉國解除了後顧之憂，實力逐漸發展壯大起來。

④ 鄭國位於晉、楚兩個大國之間。這個弱小的國家一直左右搖擺，一會依附於晉國，一會屈服於楚國，這惹怒了晉悼公。

⑤ 晉悼公一氣之下，聯合了宋、齊、衛等十一國，共同討伐鄭國。

⑥ 鄭簡公見大軍壓境，十分驚恐，忙派使者前去求和。晉悼公見鄭國已屈服，他也達到了顯示晉國軍威的目的，便同意講和。

⑦ 其他國家因為害怕得罪勢力強大的晉國，最終也只得紛紛退兵。

8 鄭簡公為了表達謝意，給晉悼公送去了大批金銀珠寶、樂師歌伎。晉悼公見了高興得合不攏嘴。

9 晉國能有今天這樣的實力，離不開魏絳的相助。於是，晉悼公請來魏絳，說要將鄭國的禮物賞賜一半給他。

10 魏絳卻謝絕了，還勸告晉悼公：「希望大王在享受安定時，能想到未來可能會發生的危險。有所準備，才能免遭禍患。」

11 晉悼公聽了，又感動又羞愧，從此對魏絳更加敬重了。

開誠布公

釋義：敞開胸懷，表露誠意，公正無私地相告。指以誠相待，坦白無私。

1 諸葛亮是三國時期傑出的政治家和軍事家，曾幫助蜀主劉備成就大業，三分天下。

2 公元223年，劉備在白帝城病逝。臨終前，他將兒子劉禪託付給諸葛亮。諸葛亮淚流滿面，立誓盡心盡力輔助劉禪。

3 劉備死後，諸葛亮事無鉅細地幫助後主劉禪處理政事，且待人處事公平公正，不徇私情。

4 在他的努力下，蜀國經濟繁榮，政局穩定，百姓安居樂業。

5 有人看到諸葛亮如此辛勞，便勸他讓後主劉禪為他進爵稱王。諸葛亮義正詞嚴地拒絕了。

6 蜀將馬謖（粵音叔）才能過人，喜歡談論軍事謀略，諸葛亮十分賞識他，常與他徹夜長談。

7 但馬謖為人剛愎自用，蜀軍北伐中原時，他違反軍令使街亭失守。諸葛亮雖愛惜他的才華，但還是按軍法處死了他。

8 諸葛亮認為街亭失守，自己也要承擔責任，便請求劉禪將他由丞相降為右將軍。

告公

公開指出

本人錯誤

者獎

孔明

9 他還特地下令，讓下屬公開指出並批評他的缺點和錯誤。這種做法在當時是非常罕見的。

10 諸葛亮一生兢兢業業，為蜀國嘔心瀝血。後來，他積勞成疾，病死於軍中，沒有給後代留下任何財產。

開誠心
布公道

三國志

三國志

11 著名史學家陳壽在《三國志》中曾評價諸葛亮「開誠心，布公道」，意思是說諸葛亮一生以誠待人，公正無私。

厲兵秣馬

釋義：磨利兵器，餵飽馬匹。形容已經做好戰鬥準備。秣（粵音沫），意指牲口的飼料。

1 春秋時期，秦國打着幫助鄭國守衛國都的旗號，派遣杞子等將領帶兵駐守鄭國。

2 一天，杞子向秦穆公發密報，說自己已獲取鄭國國都北門的鑰匙，要是秦軍發動偷襲，他可以來個裏應外合。

3 秦穆公大喜，命孟明視、白乙丙、西乞術三位將領帶兵秘密往鄭國都城。經過長途跋涉，秦軍來到了離鄭國不遠的滑國。

④ 一位叫弦高的鄭國商人恰好在滑國做生意。得知秦軍要進攻自己的國家，他立即派人將這個消息報告給鄭穆公。

⑤ 他自己則謊稱是鄭國使臣，帶着大批禮物前去慰問秦軍。

⑥ 孟明視等人大吃一驚，以為鄭國已知道他們的計劃，並做好了萬全的準備。於是，他們不敢再貿然進軍。

⑦ 而鄭國國君鄭穆公收到弦高的情報後，一面派人去杞子的營寨打探情況，一面做好迎戰的準備，嚴陣以待。

8 果然，杞子帶領部下已經收拾好行裝，刀槍磨得錚亮，馬匹餵得飽飽的，一副隨時準備作戰的狀態。

9 鄭穆公派皇武子向杞子下逐客令。皇武子對杞子說：「現在鄭國供給不足，聽說孟明視要來了，你們就跟他回去吧！」

10 杞子一聽，知道秦軍想偷襲鄭國的事情已經敗露，頓時羞得滿臉通紅。當天，他就帶着人馬逃出了鄭國。

11 孟明視知道偷襲計劃不能成功，只好帶領軍隊返回。半路卻遭到晉軍的伏擊，全軍覆沒，孟明視等三位將領全被活捉。

拋磚引玉

釋義：拋出磚頭，引來寶玉。比喻用自己沒有價值的東西（多指意見、文章等），引出別人好的、珍貴的東西，常用作謙詞。

1 唐朝時，有位叫趙嘏（粵音假）的詩人，他才思敏捷，頗負盛名，卻屢試不第。為了找到出路，他客居長安，與王公大臣相交。

2 有一年秋天，趙嘏在長安登樓遠望。滿目淒清的景色引發了他的愁思，他有感而發，提筆寫下了《長安晚秋》一詩。

殘星幾點雁橫塞
長笛一聲人倚樓

3 其中「殘星幾點雁橫塞，長笛一聲人倚樓」兩句寫得最妙。杜牧看到這兩句詩，拍手叫好，還送趙嘏一個雅號──趙倚樓。

4 就這樣，趙嘏的詩名越來越大。有一個叫常建的詩人也寫得一手好詩，但他自認不如趙嘏，常常想找機會向趙嘏討教。

5 有一次，常建聽說趙嘏要到蘇州靈岩寺遊玩，他十分高興，覺得這是一個向趙嘏學習的好機會。

6 可是，怎樣才能讓趙嘏留下詩句呢？常建琢磨好久，終於想到了一個好辦法。

7 第二天一大早，常建就匆匆告別家人出發了。經過連日奔波，他終於先趙嘏一步趕到了靈岩寺。

8 他在前往靈岩寺的必經之路的牆壁上，寫了兩句詩：「館娃宮畔千年寺，水闊雲多客到稀。」

9 寫完後，他得意極了，因為他知道趙嘏有在景物上題詩的習慣，這半首詩一定會「釣」到趙嘏的詩。

10 果然，趙嘏看到牆上的殘詩後，詩興大發。他大筆一揮，續了兩句：「聞說春來更惆悵，百花深處一僧歸。」

11 顯然，這兩句詩比前兩句更精彩，還提升了詩的意境。後人把常建的做法稱為「拋磚引玉」——拋出的是石頭，卻引來了玉。

破釜沉舟

釋義：原指砸了鍋、沉了船。比喻下定決心，不顧一切奮力到底。

1 秦末，統治者昏庸殘暴，各地農民紛紛起義。魏、齊、趙、楚、韓、燕等趁機復國，與農民軍一起反抗秦國統治。

2 公元前208年，秦國大將章邯（粵音含）率二十萬大軍攻打趙國都城鉅鹿。趙國形勢危急，趙王忙派使者向楚國求救。

3 楚懷王任命宋義為上將軍、項羽為副將，率兩萬人馬前去救援趙國。

④ 項羽主張急行軍，但宋義害怕秦軍浩大的聲勢，抵達安陽後，便令軍隊停止前進。

⑤ 楚軍一連四十多天按兵不動，項羽非常氣憤，一怒之下殺死了宋義。

⑥ 項羽奪取兵權後，帶領軍隊日夜行軍，沒過多久就渡過了漳河。

⑦ 渡過漳河後，項羽讓士兵們帶上三天的乾糧，然後命令他們燒掉營房、砸碎煮飯的大鍋、鑿破所有的渡船。

8 他對士兵們大聲疾呼：「我們已經沒有糧食和渡河的船了。要想活下去，就必須和秦軍血戰到底！」士兵們明白沒有退路了，都抖擻精神，齊聲喊道：「我們一定盡全力打敗秦軍！」

9 到了鉅鹿後，士兵們個個如下山的猛虎般奮勇殺敵。最終，楚軍將秦軍打得抱頭鼠竄，創造了以少勝多的戰爭奇跡。

10 此戰之後，項羽名揚天下，各地的諸侯軍紛紛歸順於他。

七擒七縱

釋義：七次捉住又七次釋放。形容運用策略，使對方心服。

1 三國時，南方蠻王孟獲舉兵侵犯蜀國南部四郡。諸葛亮深知此人威武勇猛，深受族人愛戴，便決定親率大軍用計收服他。

2 孟獲有勇無謀，第一仗就中了蜀兵的埋伏，被蜀將魏延活捉。

3 諸葛亮問孟獲服不服。孟獲說：「山路狹窄，我才不小心被捉，我怎麼能服？」諸葛亮便不顧眾人反對，放了孟獲。

4 孟獲回去後，手下的兩員大將因感激諸葛亮對他們的不殺之恩，將孟獲綑綁了獻給諸葛亮。孟獲不服，諸葛亮再次放了他。

5 孟獲心有不甘，讓弟弟孟優帶人假裝獻寶，感謝諸葛亮的不殺之恩，計劃來個裏應外合，一舉打敗蜀軍。

6 諸葛亮早就看穿了孟獲的詭計。他趁機設宴灌醉了孟優及隨行的百餘人。

7 孟獲當夜來偷襲，結果中了諸葛亮的圈套，第三次被捉。可孟獲仍然不服，諸葛亮又放了他。

8 孟獲回去後，調集十萬蠻兵前來與諸葛亮交戰。可是，無論蠻兵如何叫囂，諸葛亮都不讓將士們出戰。

9 待蠻兵軍心渙散時，諸葛亮才命將士們突然出擊。蠻兵大敗，孟獲掉進了陷阱，再次被捉，但諸葛亮還是將他放了。

10 孟獲又跑到禿龍洞，卻被謊稱前來助戰的銀冶洞洞主楊鋒設計捉住，獻給諸葛亮。孟獲還是不服，諸葛亮第五次放了他。

11 孟獲再次與蜀兵交戰時，請來了木鹿大王。木鹿大王口唸咒語，豺狼虎豹、毒蛇猛獸直撲向蜀兵。蜀兵無法抵擋，大敗而歸。

12 正當孟獲得意時，諸葛亮前來布陣，讓士兵手執畫着巨獸的盾牌上陣。猛獸被這一攻勢嚇得四處逃竄，蜀兵大獲全勝。

13 第二天，孟獲被妻弟綁來蜀營假降。諸葛亮將計就計，命人將他們拿下。孟獲說，若他被擒七次便服。諸葛亮便又放了他。

14 孟獲這次向烏戈國王借來藤甲兵與蜀軍交戰。諸葛亮用計將藤甲兵引入山谷，放火將三萬藤甲兵全燒死了。

15 孟獲被蜀兵捉回營，這次他終於心服口服。諸葛亮十分高興，設宴款待他，還任命他永為蠻王。就這樣，諸葛亮平定了南方。

千金市骨

釋義：用很多錢去買千里馬的骨頭。比喻誠心而迫切地招攬人才。

1 從前，有一位國君非常喜愛馬。他命人貼出告示，說願出一千兩黃金來購買一匹千里馬。

2 可是，三年過去了，他都沒買到千里馬。為此，他悶悶不樂，常常在宮中唉聲歎氣。

3 一位宦官見國君這麼不開心，便自告奮勇，請求出宮去買千里馬。國君同意了。

④ 幾個月後，這位宦官向人打聽到某個地方有一匹千里馬，便立即前去購買。

⑤ 可惜的是，等宦官趕到時，那匹千里馬早就因為得病死了。

⑥ 宦官感到非常遺憾，但經過一番考量後，他還是決定用五百兩黃金買下那匹死掉的千里馬的骨頭。

⑦ 國君見宦官花了五百兩黃金，只買回來一副馬骨，十分生氣，立即命人將宦官抓了起來。

⑧ 宦官辯解道：「國君請息怒。那花出去的五百兩黃金，可以讓天下人知道您是誠心買馬，很快就會有人獻上千里馬的。」

⑨ 聽了宦官的話，國君半信半疑。他決定先放了宦官，靜待消息。

⑩ 果然，國君重金買馬骨的事很快就一傳十，十傳百。過了不久，很多人主動帶着千里馬前來獻給國君。

⑪ 就這樣，不到一年時間，國君就得到了三匹真正的千里馬。國君非常高興，重重賞賜了那位聰明的宦官。

請君入甕

釋義：比喻拿某人整治別人的法子來整治他自己。

1 唐朝時女皇武則天為維護統治，大力推行告密制度。她命人在宮門外設置了類似於現代的舉報箱，鼓勵告密。

2 武則天還任用了大批酷吏專門審訊那些被告密者。在這些酷吏中，有兩個最為狠毒，他們一個叫周興，一個叫來俊臣。

3 這兩人為了讓被告密者乖乖認罪，無所不用其極，不僅命人製造了大量刑具，還琢磨出許多駭人聽聞的酷刑。

④ 一時間，被屈打成招者不計其數，弄得人心惶惶。許多官員在上朝時都與家人告別說：「不知道此去還能不能回來。」

⑤ 一天，武則天又收到了一封告密信。她打開來一看，不禁吃了一驚。原來，信上說，一向被她重用的周興正在密謀造反。

⑥ 武則天急忙召見來俊臣，命令他將此事查個水落石出。

⑦ 來俊臣犯了難，他深知周興是個奸詐狡猾之人，僅憑一封告密信是不可能讓周興認罪的。於是，他想出了一條妙計。

8 這天，來俊臣特意邀請周興到他家中做客。他們一邊喝酒，一邊探討辦案的事。

9 說着說着，來俊臣歎氣說：「周兄，最近犯人膽子大了，用老辦法也不能使他們招供。你有什麼絕招嗎？」

10 周興一聽，得意地笑了：「這還不簡單？找來一個大甕，用炭火把它燒熱，然後讓犯人站在甕中，看他認不認罪！」

11 來俊臣聽了連連讚歎，按照周興說的做法，吩咐侍從找來一個大甕，燒起炭火。

12 等火把甕燒得滾燙時，來俊臣便站起來對周興說：「周兄，請隨我過去看看吧！」周興便隨來俊臣來到了甕旁。

13 這時，來俊臣忽然臉色一沉說：「有人告你謀反，陛下命令我徹查此事。既然甕已經燒好，現在請你到甕裏去吧！」

14 說完，來俊臣大手一揮，讓侍從將周興架起，準備將他投進甕中。

15 周興嚇得撲通一聲跪倒在地，連連磕頭說：「我有罪，我有罪！求你不要用刑！我招，我招！」

忍辱負重

釋義：能夠忍受屈辱，承擔重任。

1 三國時，蜀將關羽在麥城一戰中遭東吳軍埋伏，戰敗被俘。孫權多次勸降不成，最後將其斬殺。

2 劉備悲痛欲絕，為給關羽報仇，不顧眾人反對，親自率領七十五萬大軍討伐東吳。

3 蜀軍來勢洶洶，接連取勝，佔領了東吳的大片土地。在這危急時刻，孫權任命將領陸遜前去應敵。

4 陸遜本是書生，年紀又輕，孫權擔心眾將士不肯聽命於陸遜，便賜他一把尚方寶劍，允許他對不聽命者先斬後奏。

5 東吳其他將領都看不起陸遜這個白面書生。陸遜來到軍營後，他們表情勉強地向其參拜。

6 不久，劉備已率軍攻佔東吳七百里土地，並在沿途紮下了四十多個蜀軍的營寨，旌旗遮天蔽日。

7 東吳將士見蜀軍氣焰如此囂張，都氣得咬牙切齒，紛紛向陸遜請命出戰。

8 但是，陸遜不僅沒有答應他們的請求，還命令眾將領嚴守關隘，閉門不出。

9 將領們本來就對陸遜不服氣，現在見他不同意出戰，都認為他膽小怕敵，常常在背地裏笑話他。

10 這天，陸遜偶然聽到了將領們的議論，知道大家不把自己放在眼裏，便決定給這些人一個下馬威。

11 他召集諸將，抽出寶劍說：「主上讓我領兵作戰，是覺得我能忍辱負重。希望各位聽從調遣，否則我不會手下留情！」

12 將領們看着他手中的尚方寶劍，嚇得臉色發白，連連稱是。自此，再沒有人敢對陸遜的決定有異議了。

13 在長達半年的時間裏，陸遜一直按兵不動，只暗中派人探察蜀軍的一舉一動。

14 一天夜裏，忽然刮起了東南風。陸遜抓住機會，命人帶上火把到蜀營中放火，連在一起的蜀營頓時成了一片火海。

15 東吳軍緊跟着衝殺進去，蜀軍沒有防備，在這一戰中幾乎全軍覆沒。忍辱負重的陸遜打了場漂亮的翻身仗。

任人唯賢

釋義：任用人時不論親疏，只選擇有德有才的人。

1 春秋時期，齊國發生內亂，齊襄公在混亂中被殺死了。當時，齊襄公的兩個弟弟公子糾和公子小白正逃亡在別的國家。

2 他們聽說齊襄公被殺的消息後，都急着要回齊國爭奪君位。很快，齊國大臣派使者來魯國迎公子糾回朝。

3 為了安全起見，魯莊公親自帶兵護送公子糾回齊國。

④ 公子糾的師傅管仲擔心在莒（粵音舉）國的公子小白會搶先趕回齊國搶奪君位，便帶領另一隊人馬前去刺殺他。

⑤ 果然，公子小白正在莒國的護送下趕回齊國。管仲偷偷朝他射了一箭，公子小白應聲倒下。管仲以為得手，便匆匆離去。

⑥ 誰知，管仲只是射中了公子小白的袖子。公子小白逃過一劫，與師傅鮑叔牙抄近道搶先回到齊國，當上了國君，即齊桓公。

⑦ 不久，護送公子糾的軍隊來到了齊國的邊界。齊桓公發兵阻擋，魯莊公吃了敗仗，只得帶着公子糾和管仲返回魯國。

8　齊軍窮追不捨，一直打到魯國。魯莊公沒有辦法，只好照齊桓公的意思殺了公子糾，並把管仲抓起來送回齊國治罪。

9　很快，魯莊公便命人把管仲裝上囚車，押回齊國。齊桓公正等着要親自殺了管仲，以報那一箭之仇。

10　一路上，管仲吃盡了苦頭。來到齊國邊界時，他又餓又渴，便請求一個守衛邊界的士兵給他一點飯吃。

11　沒想到，那士兵竟恭敬地跪着給他餵飯。等他吃完，士兵小聲問他：「如果你到齊國後沒有被殺，你怎麼報答我呢？」

12 管仲流着淚回答：「要是我僥倖沒有被殺，且能得到重用，我一定會任人唯賢，論功行賞，以此來報答你！」

13 管仲一行來到城門時，沒想到鮑叔牙早已在城門外等候迎接。原來，鮑叔牙與管仲是多年的好友。

14 鮑叔牙立即向齊桓公推薦管仲。齊桓公聽了鮑叔牙的建議，不再計較管仲的罪行，還任命他為相國管理國政。

15 管仲當上相國後，就像他對那名士兵承諾的，任人唯賢、論功行賞，並大力實行改革，幫助齊桓公成為春秋第一霸。

三顧茅廬

釋義：原指劉備三次拜訪諸葛亮的故事。
後指誠心誠意地一再邀請別人。

1 東漢末年，天下大亂，羣雄並起。劉備因是漢室宗親，又得關羽、張飛等人相助，所以勢力逐漸壯大起來。

2 劉備求賢若渴，聽說有一個叫諸葛亮的奇才隱居於隆中的臥龍崗，他十分欣喜，帶着關羽、張飛前去拜訪。

3 劉備來到諸葛亮住處，下馬親叩柴門。開門的童子卻說諸葛亮一早就外出了。劉備等人只好失望而歸。

4 過了幾日，劉備得知諸葛亮已回到住處，又與關羽、張飛前去拜訪。半路忽然下起了大雪，但他們不畏風雪，繼續前行。

5 等他們來到諸葛亮的住處，看見有一位年輕人正在屋裏聚精會神地讀書，便趕緊上前行禮。

6 可是，那個年輕人並不是諸葛亮，而是諸葛亮的弟弟諸葛均。他告訴劉備，諸葛亮與好友外出閒遊去了。

7 劉備只好寫了一封言辭懇切的信，讓諸葛均轉交給諸葛亮，然後帶着關羽和張飛離開了。

8 過了一段時間，劉備準備再次拜訪諸葛亮。張飛是個急性子，他怒氣沖沖地說要用麻繩把諸葛亮綁來。劉備把他訓斥了一頓。

9 這一次，劉備、關羽、張飛三人來到諸葛亮的茅廬前，童子說諸葛亮正在睡午覺。於是，劉備等人站在門外等他醒來。

10 一個多時辰後，諸葛亮終於醒了。聽說劉備在門外等候自己多時，他非常感動，趕緊讓書童請劉備一行人進來。

11 諸葛亮分析了天下形勢，劉備聽後對諸葛亮十分敬佩，邀請他出山輔助自己。諸葛亮答應了，最終輔助劉備成就大業。

水滴石穿

釋義：水不停往下滴，時間長了能把石頭滴穿。比喻只要有恆心，事情就會成功。

1 宋朝時，有個叫張乖崖的人在崇陽縣當縣令。他性格剛烈，為官清正廉明，深受百姓愛戴。

2 張乖崖剛上任時，崇陽縣風氣很差，盜竊事件頻頻發生。他一直想找機會好好整治一下這股歪風邪氣。

3 有一天，張乖崖辦完公務，在衙門周圍散步。忽然，他看見一個小吏慌慌張張地從庫房裏溜出來。

4 張乖崖覺得此人行為可疑，便屬聲叫住他：「幹什麼的？這麼慌慌張張！」

5 小吏緊張得渾身發抖，忽然一枚錢幣從他的頭巾裏掉落下來。

6 張乖崖頓時明白了，原來這個小吏偷了衙門庫房裏的錢。他立刻命人抓住小吏，押回公堂。

7 但是這個小吏怎麼都不肯承認自己的偷竊行為，張乖崖便命衙役狠狠地杖打他。

8 小吏被打得實在受不了，不服氣地大喊：「我不過偷了一枚錢幣，又沒犯大罪，你竟這樣毒打我！」

9 張乖崖聽了，不禁勃然大怒，指着小吏罵道：「一日一錢，千日千錢。時間長了，繩子能鋸斷木頭，水滴能滴穿石頭！」

10 説完，張乖崖就命衙役當場斬殺了這名囂張的小吏。

11 此事一傳十、十傳百，從此縣裏的小偷都不敢再有行竊的念頭，崇陽縣的風氣終於煥然一新。

四面楚歌

釋義：形容遭受各方面攻擊或逼迫，以致處於孤立無援的境地。

1 秦末，漢王劉邦和楚王項羽爭奪天下。兩軍交戰多年，最後約定以鴻溝為界，鴻溝以東歸楚，鴻溝以西歸漢，互不侵犯。

2 界限劃定後，漢將張良卻勸劉邦，趁楚軍將士疲勞不堪、糧草不足之際發動進攻，一舉滅掉楚軍，永絕後患。

3 劉邦聽從張良的建議，親自率軍出征，同時傳令韓信、英布等大將領兵合擊項羽。

121

4 公元前202年，劉邦會合諸將，將項羽圍困於垓下。

5 由於漢軍兵力十分強大，因此楚軍遲遲未能突圍，死傷慘重。

6 某天夜裏，項羽正思索對策，忽然聽見四處傳來楚地的民謠。他大驚：「漢軍中有那麼多楚人，難道楚地已被佔領？」

7 楚軍聽到歌聲，產生了和項羽同樣的想法。本來連連敗退已失去鬥志，這下楚軍更無心應戰，有的甚至投奔漢軍去了。

8 然而，這一切都是漢將張良的攻心計。他讓漢軍傳唱楚地民謠，就是想營造出楚地已被漢軍佔領的假像。

9 項羽心亂如麻，在營帳中喝起酒來。他的妃子虞姬見他悶悶不樂，便在一旁陪他。

10 眼前的困境，讓項羽百感交集，他不禁慷慨悲歌：「力拔山兮氣蓋世，時不利兮騅不逝。騅不逝兮可奈何……」

11 虞姬隨着項羽悲涼的歌聲舞起劍來，左右侍從見了無不潸然落淚。

12 為了不拖累項羽，並激起項羽的鬥志，一曲舞畢，虞姬便自殺了。

13 項羽悲痛萬分，掩埋好虞姬後，便率領餘下的將士趁着夜色突出重圍，逃到烏江邊。

14 這時，烏江亭長撐着小船來到。他勸項羽快快乘船渡江，回到楚地，日後捲土重來。

15 但是面對追兵，項羽已心如死灰，覺得沒有面目回去面對家鄉的父老鄉親，遂悲歎一聲，自刎而亡。

天羅地網

釋義：天上地下、四面八方都布下羅網。
比喻設置得非常嚴密的包圍圈。

1 春秋時期，楚國國君楚平王是個好色之徒。一個叫費無極的奸臣投其所好，慫恿楚平王將本要嫁太子的孟嬴佔為己有。

2 孟嬴長得傾國傾城，楚平王被費無極說得心動了，偷偷將孟嬴與陪嫁侍女調包，自己娶了孟嬴，陪嫁侍女嫁給了太子。

3 伍奢是太子的老師，為人剛正不阿。費無極擔心伍奢日後會幫助太子懲罰自己，就污蔑太子和伍奢謀反。

4 楚平王下令抓捕太子、伍奢以及伍奢的兩個兒子。伍奢及其長子不幸被殺。太子因為提前聽到風聲，連夜逃走了。

5 伍奢的二兒子伍子胥當時在樊城駐守，太子便趕到那裏向他報信。

6 聽說家人被害，伍子胥又傷心又氣憤。太子提醒伍子胥：「費無極已派出他的兒子費得雄前來騙你回去，你要小心！」

7 過了幾天，費得雄果然如太子所說來到了樊城。

8 一見到伍子胥，他就連忙向伍子胥道賀：「恭喜大人！您在外屢立戰功，大王特命我前來請您回朝接受賞賜。」

9 伍子胥裝出欣喜的樣子，說：「我已半年沒回去了，不知我父兄是否安康？」

10 費得雄笑嘻嘻地說：「你們伍家一切安好，沒有哪家比得上。」

11 伍子胥勃然大怒，指着費得雄說：「你們好狠毒啊！如果不是太子告訴我內情，我險些就被你們騙進天羅地網了！」

12 說完，伍子胥就撲上前去，將費得雄痛打了一頓。

13 樊城待不下去了，伍子胥幾經輾轉逃到了吳國，在街市上以吹簫乞討為生。

14 後來，伍子胥結識了公子光，也就是日後的吳王闔閭（粵音合雷）。他幫助公子光奪取了吳國王位，因此得到了重用。

15 公元前506年，伍子胥與孫武率領吳軍攻破楚國都城郢都，為死去的父兄報了仇。

退避三舍

釋義：比喻主動退讓和迴避，以免起衝突。

1 春秋時期，晉獻公寵幸妃子驪姬。驪姬為了讓自己的兒子繼承王位，誣陷太子申生謀反，迫使申生自殺身亡。

2 重耳是晉獻公的另一個兒子，他害怕也會遭到驪姬的迫害，便帶着一幫願意追隨他的人匆匆逃出了晉國。

3 重耳在外逃亡十九年，顛沛流離，十分落魄。有些國家的君主不願意收留他，命守城士兵將他拒之門外。

4 有些國家的君主十分同情他，以禮相待，但因國力有限，無法幫助他重回晉國。重耳只能再次離開，去尋求別國幫助。

5 歷盡千辛萬苦，重耳來到了當時的強國之一——楚國。楚成王對重耳十分敬重，兩人成了要好的朋友。

6 一天，重耳與楚成王一起吃飯。楚成王開玩笑說：「你日後回到晉國，準備怎樣報答我呢？」

7 重耳回答：「如果日後我們兩國打仗，我一定會命令軍隊向後撤退三舍（古代一舍為現代十五公里）。」

8 後來，重耳又流亡到了秦國，並在秦國的幫助下，回到晉國當上國君，成為了晉文公。

9 不久，晉楚兩國為爭奪霸主地位，展開對戰。楚成王命令大將成得臣前去攻打晉國。

10 晉楚兩軍相遇後，晉軍沒有立即發動進攻，而是不斷地往後撤退。

11 一直退到三舍之外的城濮（粵音僕），晉軍才安營紮寨。有些將士十分不解，覺得這樣做是長他人志氣，滅自己威風。

12 晉文公解釋道：「當初我流亡在外，曾得楚成王相助。今天晉楚兩軍交戰，我理應遵守承諾，退避三舍。」

13 但楚將成得臣並不了解其中的緣由，他以為晉軍是畏戰而逃，因而十分得意，覺得晉軍不過如此。

14 第二天，兩軍再次對陣。雙方交戰不久，晉軍就假裝兵敗撤退。成得臣不知有詐，命令將士們全力追擊。

15 半路上他們卻遭到了晉軍的伏擊，假裝敗退的晉軍也掉過頭來，與伏兵前後夾擊楚軍。楚軍最後潰不成軍，大敗而歸。

完璧歸趙

釋義：原指藺相如將和氏璧完好地從秦國送回趙國。後比喻把物品完好無損地還給物主。

1 戰國時期，趙惠文王得到了一塊價值連城的寶玉——和氏璧。

2 秦昭襄王早就對這塊寶玉垂涎欲滴。他派使者給趙惠文王送去一封信，表示願意用十五座城池來交換和氏璧。

3 趙惠文王知道秦昭襄王只想霸佔和氏璧，不會真的拿城池交換，但秦國實力強大，如果不答應他，恐怕會惹來禍患。

④ 趙惠文王左右為難，難以抉擇，便召來
羣臣商議對策。宦官令繆賢向趙惠文王
引薦了自己的門客藺（粵音論）相如。

⑤ 謀士藺相如說：「我願意出使秦國，若
秦國不交出十五座城池，我一定把和氏
璧完好地帶回來。」趙惠文王答應了。

⑥ 到了秦國，藺相如把和氏璧恭敬地獻給
秦昭襄王。秦昭襄王接過和氏璧，愛不
釋手，卻絕口不提交換城池之事。

⑦ 藺相如知道秦昭襄王想賴賬，便說：「大
王，這玉雖然看起來完美無瑕，但還是有
一點小瑕疵，請讓我指給您看。」

8 秦昭襄王信以為真，連忙把和氏璧遞給了藺相如。

9 藺相如一拿到和氏璧，便往後退到宮殿的大柱子旁，一臉嚴肅地說：「看樣子，大王根本沒有用城換玉的真心。」

10 他高高舉起和氏璧，又厲聲說道：「現在和氏璧在我手裏，如果您逼我，我就和它一起撞到這柱子上。」

11 秦昭襄王怕他真的撞壞和氏璧，忙讓人拿來地圖，隨手在上面指了十五座城池說：「你誤會了，這些城池都會送給貴國。」

12 為了拖延時間，藺相如提出秦昭襄王必須齋戒五天，並舉行接受玉璧的儀式，他才把和氏璧奉上。秦昭襄王無奈地答應了。

13 從秦宮返回客棧後，藺相如馬上就安排隨從偷偷帶着和氏璧抄小路回趙國去了。

14 五天後，秦昭襄王舉行接受玉璧儀式時，藺相如告訴他，和氏璧已送回趙國，如果他有誠意，可先割讓十五座城池給趙國。

15 秦昭襄王氣得火冒三丈，但他明白就算殺了藺相如也無濟於事，而且還會傷了兩國的和氣，只得將他放回趙國去。

網開一面

釋義：把捕捉禽獸的網撤去三面，讓牠們可以逃生。比喻對敵人、罪犯等寬大處理，給人一條出路。

1 夏朝末年，君主桀（粵音傑）暴虐無道，荒廢國事，整日只顧着在後宮與宮女們飲酒作樂。百姓都非常痛恨他。

2 當時，在黃河下游有個叫商的部落，首領湯寬厚仁慈，又有才幹，與桀形成鮮明的對比。商部落在湯的帶領下逐漸強大起來。

3 一天，天氣晴好，湯與部下外出遊獵。一行人來到了一座山上。

4 經過一片樹林時，湯看到有個獵人在林中布網。獵人圍了四面大網，嘴裏還唸唸有詞：「所有鳥兒都飛到我的網裏吧！」

5 湯聽了皺起眉頭，走上前對那獵人説：「你這樣會把鳥兒全都捕光的。凡事不能太絕情，你還是拆掉三面網吧！」

6 獵人聽了覺得很有道理，動手拆起網來。湯也在一旁幫忙。

7 湯與獵人一起拆了三面網，只留下一面，然後他滿意地離開了。

8 這件事很快就在百姓中傳開來。大家紛紛感歎道：「湯真是宅心仁厚！他對待鳥獸都如此，對人就更不用說了。」

9 其他部落的首領聽說此事後，覺得湯是個可靠的領導者，紛紛前來歸順他。就這樣，湯的勢力逐漸發展壯大起來。

10 公元前1600年，湯不忍再看百姓受桀的欺壓，便帶領軍隊向夏朝的都城發動攻擊。

11 後來，桀戰敗，夏朝滅亡。而受百姓愛戴的湯建立起了一個全新的王朝——商朝。

望梅止渴

釋義：比喻願望無法實現，用空想或空話等來安慰自己或別人。

① 東漢末年，曹操率領軍隊到很遠的地方去打仗。這支軍隊一連走了好幾天，但離目的地還非常遙遠。

② 時值盛夏，烈日當空，士兵們又熱又渴，很快就把隨身帶的水喝光了。

③ 士兵們覺得口乾舌燥，身上的兵器越發沉重，雙腳也好像注了鉛一樣，行軍的速度亦慢了下來。

④ 看到這情形，曹操很焦急，只得讓隊伍停止前進，並命人在附近找水。

⑤ 過了好一會兒，找水的士兵垂頭喪氣地回來了。他向曹操報告說，附近連一滴水也找不到。

⑥ 曹操急得就像熱鍋上的螞蟻。他縱馬跑上高地，舉目四望，卻只見一片荒漠，附近一戶人家也沒有，大地已乾旱得龜裂。

⑦ 忽然，曹操隱隱約約地看見遠處有一片樹林。他靈機一動，想出了一個好辦法。

8 他裝出一副興奮的樣子，對士兵們喊道：「只要翻過這座山，前面有一片梅林，那裏的梅子能解渴！」

9 士兵們一聽，紛紛想像自己已經吃到了酸溜溜的梅子，不自覺地流出口水來，口渴的感覺瞬間減輕了許多。

10 他們振作起精神，繼續前進，希望儘快趕到曹操所說的那片梅林。

11 很快，他們就翻過了那座山，令人驚喜的是，一片寬廣的湖泊出現在他們的眼前！他們高興極了，衝上前去喝了個痛快。

圍魏救趙

釋義：指襲擊敵人後方的據點以迫使敵人撤退的戰術。

① 戰國時期，齊國人孫臏（粵音殯）和魏國人龐涓（粵音捐）一同跟隨一位叫鬼谷子的人學習兵法。

② 孫臏和龐涓一同在魏國做官。龐涓嫉妒孫臏的才能，設計誣陷孫臏，導致他受了臏刑（古代鏟足的酷刑）。

③ 身體殘疾的孫臏在齊國使者的幫助下，乘坐馬車逃到了齊國，並得到了齊威王的重用。

④ 公元前354年，龐涓奉魏惠王之命攻打趙國都城邯鄲（粵音寒丹）。邯鄲告急。

⑤ 趙國派使者向齊國求援。齊威王便封田忌為將軍，孫臏為軍師，讓他們率領軍隊前去營救。

⑥ 大軍出發前，田忌與孫臏商議退兵之策。田忌說：「時間緊急，立即率軍往邯鄲出發吧，再晚就來不及了。」

⑦ 孫臏卻說：「如果我們直接攻打魏國都城大梁，在外的魏軍一定會趕回相救，如此一來邯鄲的危機就可以解除了。」

8 田忌覺得孫臏說得很有道理，便採用了他的計策，率領軍隊直奔魏國的都城大梁。

9 龐涓剛攻下趙國的邯鄲，就收到了大梁告急的消息，只得立刻退兵，火急火燎地率軍趕回去營救。

10 誰知，孫臏預先在魏軍回國的必經之路上設下了埋伏。當龐涓率軍經過時，齊軍突然出擊。

11 魏軍連日行軍，早已疲憊不堪，哪裏抵擋得住齊軍的攻勢！這一戰，孫臏不僅成功幫趙國解圍，還讓魏國元氣大傷。

卧薪嘗膽

釋義：形容刻苦自勉，發奮圖強。

1 春秋時期，吳越兩國戰爭不斷。公元前496年，越王允常病亡，其子勾踐繼位。吳王闔閭趁越國新王登位，發兵攻越。

2 不料，吳王闔閭在大戰中身受重傷，沒過多久就一命嗚呼了。臨死前，他囑咐兒子夫差一定要替他報仇。

3 夫差謹記父親的話，勵精圖治，日夜加緊練軍，伺機攻打越國。

4 公元前494年，越王勾踐聽聞吳王夫差有攻打越國之意，決定先發制人，出兵攻吳。

5 吳、越兩國展開了一場激烈的大戰，最終越軍慘敗，越王勾踐也被抓到了吳國。

6 吳王夫差沒有殺死勾踐，而是把勾踐當成奴隸一樣來使喚，讓他在宮裏養馬。

7 勾踐默默忍受着這些屈辱，還努力裝出一副尊敬夫差的樣子。

8 漸漸地，吳王夫差以為勾踐已經真心歸順於自己，便將勾踐放回了越國。

9 回到越國後，勾踐立志要報仇雪恨。為了警醒自己不忘在吳國受到的屈辱，他每天都睡在又乾又硬的柴草上。

10 勾踐還在房間裏掛了一個苦膽，每天都用舌頭去嘗一下它苦澀的味道，以此告誡自己，要為報國家大仇而努力。

11 勾踐積極整治內政，推行富國強兵的措施，並用優厚的俸祿搜羅各方面的人才。

12 為了恢復生產，勾踐與百姓一起從事耕作，還讓自己的夫人織布裁衣。

13 經過數年的發展，越國終於重新崛起。越王勾踐多次想率兵攻打吳國，但大臣文種、范蠡（粵音禮）認為時機未到。

14 公元前482年，剛愎自用的吳王夫差北上攻打齊國，越王勾踐乘機突襲吳國，殺死了吳國太子。

15 又過了十多年，勾踐再次率軍攻打吳國。這次，夫差慘敗，被迫自殺身亡，國家也被滅了。

先發制人

釋義：現泛指爭取主動，先動手來制服對方。

1 戰國末期，楚國滅亡，楚國名將項燕的兒子項梁流落民間。後來項梁因殺人而被仇人追殺，只得帶着姪子項羽逃到吳中。

2 吳中是楚國故地，項梁因為出身將相世家，文武雙全，所以在吳中很有號召力。地主豪強都爭相與項梁結交。

3 當時正值秦末農民大起義，會稽郡郡守殷通也動了起義的心思，因此找來項梁商議此事。

④ 項梁說：「現在許多地方的人都起來反對秦朝暴政。此時先動手的就可以控制別人，後動手的就會被別人制服。」

⑤ 殷通點點頭說：「我想發兵回應起義軍，請你和桓楚（當時的名將）為我帶兵打仗，只是不知道桓楚在什麼地方。」

⑥ 項梁野心勃勃，怎麼甘心當殷通的下屬呢？聽了殷通的話，他頓時對殷通起了殺心，想奪取他的兵權，取而代之。

⑦ 項梁笑着說：「我的姪兒項羽可能知道桓楚的下落，我叫他進來問問。」說完，他走到門外，將計劃悄悄告訴了項羽。

8 項梁、項羽兩人進屋後，殷通忙起身迎接。就在這時，項梁朝項羽使了個眼色，項羽拔出寶劍便朝殷通刺去。

9 殷通還沒反應過來，就被項羽刺倒在地，很快就斷了氣。

10 叔姪倆拿着殷通的郡守大印，走到門外。殷通的手下早已嚇得魂飛魄散，紛紛跪倒在地，表示願意服從指揮。

11 項梁收編了殷通的士兵，還招募了大批江東子弟，組織起一支軍隊，投入到反秦的戰鬥中。

先聲奪人

釋義：原指打仗時，先張揚自己的聲勢以破壞敵人士氣。現比喻做事搶先一步，爭取主動。

1 春秋時期，宋國的司馬華費遂有三個兒子：華貙（粵音書）、華多僚和華登。

2 其中，華多僚最得國君宋元公賞識，但他很愛挑事兒，常常在宋元公面前說兩個兄弟的壞話。

3 由於不受重視，華登便悄悄聚集了一些人，發動叛亂。叛亂失敗後，這些人被迫逃亡國外。

153

4 華登逃亡後，華多僚又在宋元公面前誣陷華貙，說華貙打算接納逃亡的叛亂分子。

5 宋元公信以為真，讓華費遂親自驅逐兒子華貙出國。華費遂十分心痛，但又不敢違抗宋元公的命令。

6 華貙得知一切都是華多僚生事後，大為惱火，一怒之下殺死了華多僚。

7 華貙趁機劫持父親華費遂反叛，並派人召集之前逃亡的反叛分子一起反抗。

8 不久，逃亡在外的華登率領軍隊回來支援華貙。眼見敵軍日漸逼近，宋元公趕緊請來齊國的烏枝鳴幫助守衛城池。

9 一位叫濮的宋國大夫向烏枝鳴建議說：「張揚聲勢向敵人進攻，可摧毀敵軍的士氣，趁敵軍未安定之際發動進攻。」

10 烏枝鳴採納了濮的建議，率領齊軍、宋軍在鴻口迎擊華登的軍隊，把他們打得丟盔棄甲，還俘虜了兩名將領。華登等人最後只得帶着殘兵敗將逃走了。

心腹之患

釋義：體內要害之處的疾患，指致命的禍害。

1 春秋末期，吳王夫差意圖爭霸中原。他打敗越王勾踐後，又動了出兵齊國的心思。

2 越王勾踐聽說夫差要攻打齊國，連忙帶人前去吳國朝見，以示支持，還給吳王和大臣們送了不少禮物。

3 吳國君臣被勾踐哄得心花怒放。他們紛紛認為勾踐在戰敗後，的確真心誠意地向吳國俯首稱臣。

4 伍子胥卻說：「越國與吳國接壤，越國就像是吳國心腹中的病患。我們不該貪圖遠處的齊國，而不顧近旁這個禍患啊！」

5 但是，夫差一點也不把戰敗後迅速崛起的越國放在眼裏，執意要出兵齊國。

6 伍子胥斷定，若夫差繼續輕視越國，定會被消滅。於是，他利用去齊國辦事的機會，將兒子伍封託付給齊國的一位貴族。

7 公元前484年，吳軍與齊軍展開大戰，齊軍慘敗。夫差十分得意，並對曾阻止自己出兵的伍子胥心生不滿。

8 不久，夫差從別人口中得知了伍子胥將兒子留在齊國的事。他大為惱怒，認定伍子胥通敵賣國。

9 夫差派人給伍子胥送去一把劍，讓他用這把劍自殺。伍子胥蒙受這樣的不白之冤，既難過，又憤恨。

10 臨死前，他對手下的人說：「在我死後，你們在我的墓前種一棵樹，等這棵樹長大成材時，吳國就要滅亡了。」

11 十多年後，伍子胥的預言成真，越軍長驅直入，一舉攻下了吳國都城。叱咤一時的吳國就這樣被越國滅掉了。

雪中送炭

釋義：下雪天給人送炭取暖。比喻在別人急需時給予幫助。

1 宋太宗趙光義是宋朝的第二位皇帝，他即位後保持着節儉樸素的作風，穿舊衣，並拒絕遠遊玩賞和歌舞女色。

2 他還經常教育子女要體恤百姓：每穿一件衣服，都要體會養蠶織布者的艱辛；每吃一頓飯，都要想到田間勞作者的勞苦。

3 有一年冬天，京城開封格外寒冷。北風呼嘯，大雪紛紛揚揚，大地一片銀白。

4 宋太宗裹着狐皮外衣，望着窗外的大雪，只覺得寒氣陣陣襲來。

5 宋太宗連忙命人端來取暖的火盆、溫熱的美酒，一邊烤火，一邊自斟自飲。過了好一會兒，他才覺得漸漸暖和起來。

6 想到宮外的百姓，他不禁感歎道：「這樣寒冷的天氣，那些缺衣少食、沒有木炭烤火的百姓怎麼受得了啊！」

7 他越想越覺得心裏難受，便馬上傳旨，召開封府尹進宮。

8 他吩咐開封府尹：「你現在就帶人運一些衣服、食物和木炭到城裏去，救濟那些忍饑挨餓的百姓。」

9 開封府尹領旨後，立即召集了一批人，備好衣服、糧食和木炭，挨家挨戶地給百姓送去。

10 百姓得到宋太宗的賞賜後，無不感激涕零，叩頭謝恩。

11 宋太宗雪中送炭，讓百姓過了一個豐衣足食的冬天，也成就了歷史上的一段佳話。

偃旗息鼓

釋義：原指放倒旗子、停止敲鼓。現多指停止戰鬥或行動。偃（粵音演），意指放倒。

1 定軍山一戰戰敗後，曹操很惱火，決定親率大軍奪回定軍山。為讓前線補給充足，他派人運送了大批糧草到漢水北山腳下。

2 劉備和諸葛亮為挫曹軍銳氣，派出趙雲、黃忠和張著去燒曹軍糧草。

3 經過商議決定，黃忠和張著帶人實施計劃，如果到了約定時間，兩人還沒有帶兵回營，趙雲就去接應。

4 當夜四更，黃忠和張著領兵偷偷渡過漢水，來到了北山腳下。守糧的曹軍見黃忠帶兵殺到，紛紛逃跑。

5 蜀軍正想放火燒糧，不料曹將張郃、徐晃領兵殺了過來，黃忠被困。張著率領的騎兵也被曹將文聘率領的隊伍圍住。

6 趙雲見黃忠和張著沒按約定時間回來，立即帶人馬前去接應。他舞動手中銀槍，把曹軍打得丟盔棄甲，救回了黃忠和張著。

7 曹操聽到這一消息後火冒三丈，馬上率領部將追擊趙雲。

8 此時，趙雲已率軍回到了營寨。部將張翼打算關閉營寨大門，以防禦曹軍的進攻，趙雲卻下令大開營門。

9 接著，趙雲又讓士兵們收起軍旗、停止敲鼓，同時命令弓箭手埋伏在營寨內外。

10 安排好一切後，趙雲單槍匹馬站在營寨前迎接曹軍。

11 曹軍追到蜀軍營寨前，見寨內偃旗息鼓，只有趙雲獨自騎馬站在外面，擔心有埋伏，遲遲不敢靠近。

12 曹操騎馬趕到，催促眾將士往寨裏衝殺。將士們吶喊着往前衝了幾步，見趙雲威風凜凜，一動不動，嚇得轉身就跑。

13 這時，趙雲把長槍一揮，埋伏的弓箭手萬箭齊發。寨子裏的蜀兵也擂響戰鼓衝殺出來。曹操怕有閃失，只得下令撤退。

14 趙雲、黃忠、張著各領一隊人馬，跟在曹軍後面，緊追不放。曹兵驚慌失措，逃跑的時候互相踐踏，死傷無數。

15 曹操急奔回北山，卻望見曹營燃起了熊熊大火。原來蜀將劉封、孟達已奉命燒了曹軍糧草，曹操只得領着敗兵逃回漢中。

一鼓作氣

釋義：原指作戰敲響第一通鼓時，軍隊的鬥志最盛。現比喻鼓足勇氣，一口氣把事情完成。

① 公元前684年，齊國向弱小的魯國宣戰。魯莊公和羣臣聽聞此消息，都大驚失色，不知所措。

② 就在這時，魯國著名的軍事家曹劌（粵音季）進宮求見。他向魯莊公分析了國內的形勢後，認為魯國可以主動迎戰。

③ 於是，魯莊公與曹劌率軍應戰。魯軍與齊軍對陣於長勺。齊軍率先擂響戰鼓，向魯軍發動進攻。

4 魯莊公正準備發號施令擊鼓迎戰，曹劌卻制止道：「大王，時機未到，不能擊鼓出兵。」

5 齊軍見魯軍沒有任何反應，十分納悶，於是又敲響了第二遍戰鼓。

6 魯莊公按捺不住了，準備下令出兵，卻再一次被曹劌制止了。

7 直到齊軍敲響第三遍鼓後，曹劌才對魯莊公說：「現在可以擊鼓進攻了。」

8 魯軍鼓聲一響，魯國將士們便像猛虎一般撲向敵軍。齊軍無力抵擋，紛紛丟盔棄甲，狼狽逃走。

9 戰爭勝利後，魯莊公設宴犒賞眾將士。在宴席上，魯莊公好奇地問曹劌：「為什麼要等齊軍擂第三次鼓後才出擊呢？」

10 曹劌答：「打仗最重要的是士氣。第一次擊鼓，士氣最旺盛；第二次擊鼓，士氣就開始減退；第三次擊鼓，士氣幾乎沒有了。」

11 魯莊公恍然大悟：「齊軍敲三次鼓後，我軍才擂鼓前進，用士氣正旺的軍隊進攻失去士氣的軍隊，自然容易取得勝利。」

一箭雙鵰

釋義：形容箭術高超，也比喻做一件事同時達到兩個目標。

1　南北朝時期，北周有一位叫長孫晟（粵音城）的將軍。他能征善戰，而且練得一手好箭法。

2　有一年，北周君主為了安撫北邊的突厥，決定將一位公主嫁給突厥王攝圖。

3　從北周都城到突厥，路途遙遠艱險。為了安全起見，北周君主命長孫晟率將士一路護送公主。

4 他們歷經千辛萬苦，終於到達了突厥。攝圖非常感激護送公主的將士，大排筵席，熱情款待他們。

5 酒過三巡，攝圖對長孫晟說：「久聞將軍乃射箭神手，今日不如露一手讓大家開開眼界吧！」

6 長孫晟也不推辭，向人要來一張硬弓，瞄準百米開外的一枚銅錢。「嗖」的一聲，箭不偏不倚，從銅錢中間的小孔穿過。

7 在場的人見了，無不目瞪口呆，連聲稱讚長孫晟箭術精湛。

8 因為此事，攝圖非常敬重長孫晟，還熱情挽留他在突厥長住。

9 長孫晟和攝圖成了知心好友，兩人經常一起外出打獵。

10 有一次，他們一起打獵時，看見天空中有兩隻大鵰在爭奪一塊肉。攝圖遞給長孫晟兩支箭，讓他把那兩隻鵰射下來。

11 「一支箭就夠了！」長孫晟信心十足地接過箭，策馬而去。

12 只見他拉弓搭箭，對準那兩隻廝打得難分難解的大鵰射去。

13 兩隻大鵰被長孫晟射出的箭穿在一起，發出慘叫，齊齊從空中掉落下來。

14 眾人看見掉落在地的兩隻大鵰，忍不住齊聲高呼：「將軍一箭雙鵰，舉世無雙！」

15 自那以後，長孫晟的名聲在突厥越發響亮了，許多貴族子弟紛紛慕名前來向長孫晟學習箭法。

一舉兩得

釋義：做一件事可以得到兩方面的好處或達到兩個目的。

1. 春秋時期，魯國有一位叫卞（粵音辯）莊子的勇士。他勇猛過人，甚至敢與老虎搏鬥，人們都非常敬佩他。

2. 有一年，有座山中出現了兩隻老虎。牠們把山上的野獸吃光後，就下山捕食獵物。附近的百姓非常害怕，日日閉門不出。

3. 卞莊子聽說此事後，想殺掉那兩隻老虎，為民除害。於是，他帶上寶劍，就往那座山的方向出發了。

173

4 幾天後，他終於來到了那座山的山腳下。山腳下有一座客棧，他走進去向店小二打聽老虎的情況。

5 店小二是一個才十多歲的孩子，他告訴卞莊子，那兩隻老虎剛剛闖進了一戶人家的牛欄，現在正在爭奪一隻牛犢呢。

6 卞莊子聽了，立刻轉身出門，店小二卻一把拉住他說：「客官，等只剩一隻老虎時再過去，那時想殺死牠就容易多了。」

7 卞莊子不解，店小二又說：「兩虎相鬥，必有一死一傷。那時你只跟一隻受傷的老虎搏鬥，便獲殺死兩隻猛虎的美名。」

8 卞莊子覺得店小二的話非常有道理，便在客棧內點了一壺酒，優哉游哉地喝完了才出門。

9 在店小二的帶領下，他很快找到了那兩隻老虎的所在之處。

10 兩人躲在不遠處觀察，果然見其中一隻老虎已經死了，另一隻老虎受了傷。此刻，那隻受傷的老虎正獨自啃食着牛犢。

11 卞莊子見時機已到，立刻拔出寶劍，衝上前去刺死那隻受傷的老虎。就這樣，他猶如一舉殺死了兩隻老虎。

一網打盡

釋義：比喻全部抓住或徹底消滅。

1 北宋時期，蘇舜欽擔任過進奏院的主官，他支持以范仲淹為首的改革派，曾多次上書仁宗皇帝，批評當時的宰相呂夷簡。

2 呂夷簡憋了一肚子氣，一直想找機會除掉蘇舜欽和改革派。

3 北宋時，都城開封每年秋天都舉行賽神會，朝中的官員總在賽神會這天飲酒聚會。

④ 這年進奏院的賽神會輪到蘇舜欽做東，他讓屬下按慣例把一堆廢棄的公文封套賣了換錢，自己又拿出數千錢來置辦酒席。

⑤ 雖然酒席並不算豐盛，但眾人齊聚一堂，開懷暢飲，十分痛快。酒酣耳熱之際，蘇舜欽還叫來歌女給大家助興。

⑥ 有個叫李定的官員也想參加聚會，卻沒有被邀請。他懷恨在心，到處散布謠言，說蘇舜欽賣掉公家物品來尋歡作樂。

⑦ 御史劉元喻向來與蘇舜欽不和，他聽說此事後，立即上書給仁宗皇帝，彈劾蘇舜欽等人。

8 仁宗看了奏摺後，龍顏大怒。宰相呂夷簡乘機在仁宗面前添油加醋，火上澆油，數落蘇舜欽的不是。

9 最後，仁宗不分青紅皂白，以「監守自盜」的罪名免去了蘇舜欽的官職。

10 那天參加酒席的人，有的被免職，有的被貶到了偏遠之地。保守派還借此事發難，改革派的主要成員也都受到了牽連。

11 事後，御史劉元瑜得意洋洋地到宰相呂夷簡面前邀功，說：「我總算替您把蘇舜欽一夥一網打盡了。」

以逸待勞

釋義：指在作戰時採取守勢，養精蓄銳，等敵人疲憊不堪時再出擊取勝。

1 東漢初年，隴西軍閥隗（粵音葵）囂叛變光武帝劉秀，投靠了在四川稱帝的公孫述。

2 劉秀大怒，發兵討伐隗囂，但由於軍隊遠征，疲勞作戰，結果大敗而歸。

3 劉秀擔心隗囂會乘勝追擊。為了守衛關中，他又派征西大將軍馮異前去佔領栒（粵音詢）邑。

179

④ 隗囂得到消息後，趕緊命令部將行巡率軍往枸邑進發。

⑤ 馮異了解到這個情況後，立即下令加快行軍速度，希望搶在敵軍之前佔領枸邑。

⑥ 部將勸阻馮異說：「敵軍剛剛打了個大勝仗，士氣正旺。我們與其交鋒，勝算不大，不如考慮其他作戰方案吧！」

⑦ 馮異卻堅定地說：「只要我們搶先佔領枸邑，養精蓄銳，做好準備，然後趁敵軍疲倦地趕到時出擊，必能獲勝！」

8 將士們聽了，個個鬥志昂揚，在馮異的率領下快速而有序地前進。沒過多久，他們就搶先佔領了枸邑城。

9 馮異下令不准透露消息，緊閉城門，還讓將士們好好休息，養足精神準備作戰。

10 幾天後，行巡的大軍匆匆趕到了枸邑。可他們剛到，城樓上便鼓聲大作，馮異的軍隊像一股兇猛的洪流一樣衝了出來。

11 行巡的軍隊大驚失色，倉皇而逃。馮異則率軍緊追不放，將他們一舉打敗了。

因勢利導

釋義：順着事物的發展趨勢，向好的方面加以引導。

1 公元前341年，韓國因抵擋不住魏軍的襲擊，向齊國求救。齊威王便封田忌為將軍，孫臏為軍師，前去救援。

2 田忌和孫臏採用「圍魏救趙」的老辦法，不進兵韓國，而是直接攻打魏國都城大梁。

3 魏將龐涓聽到消息後，只得急匆匆退兵，率軍日夜兼程地返回魏國。

4 可是魏軍還沒回到魏國,齊軍就已經浩浩蕩蕩地攻入了魏國境內。

5 孫臏向田忌獻計:「魏軍兇猛剽悍,一向不把齊軍放在眼裏,不如我們順着魏軍的思想趨勢,加以引導,引誘他們中計。」

6 田忌欣然同意了,孫臏便找來其他幾個將領,告訴他們接下來的計劃。

7 魏軍趕回魏國時,齊軍已往魏國境內其他地方進發。龐涓察看齊軍駐紮的地方後,發現齊軍做飯的爐灶竟可供十萬人使用。

8 龐涓十分恐慌，但還是領軍繼續追擊。第二天，他再數齊軍留下的爐灶，卻發現數目減少了一半。

9 到了第三天，他又數了數齊軍用過的爐灶數量，發現只夠二、三萬人使用。他認為齊軍已逃跑了大半，高興得放聲大笑。

10 於是，龐涓加快了追擊的步伐，希望可以早日消滅這幫膽小的齊軍。

11 當魏軍追到馬陵時，天色已晚。馬陵地處於兩山之間，地勢險要。魏軍只顧着往前趕路，絲毫沒有注意到周圍的危險。

12 他們被一堆木頭擋住了去路……只見路旁的樹被砍光了，只剩一棵最大的被剝去了樹皮，上面好像還刻着什麼。

13 龐涓命人拿來火把一照，只見上面赫然寫着「龐涓死於此樹下」。龐涓吃了一驚，嚇得直冒冷汗，連忙下令撤退。

14 但此時已經晚了，黑暗中齊軍萬箭齊發，魏國士兵紛紛中箭倒地，那些沒有中箭的士兵也在混亂中被踐踏而死。

15 龐涓自知沒有退路，只得長歎一聲，拔劍自殺了。就這樣，孫臏抓住魏軍輕敵的弱點，贏得了這場戰爭。

坐觀成敗

釋義：對別人的成功或失敗採取旁觀的態度。

① 漢武帝晚年時，長安巫術之風盛行。人們認為將仇人的形象刻成一個木偶，埋於地下，便可詛咒仇人死於非命。

② 漢武帝體虛多病，暴躁多疑。奸臣江充便利用漢武帝多疑的心理，造謠說有人正在利用這種巫術來謀害他。

③ 漢武帝深信不疑，讓江充徹查此事。於是，江充借機剷除了大批與自己政見不合的大臣，弄得朝廷上下人心惶惶。

④ 江充與太子劉據也是死對頭，於是他故技重施，暗中派人在太子宮中埋下了木偶。

⑤ 過了幾日，江充裝模作樣地帶人來到太子宮中，挖出了預先埋下的木偶，誣陷太子詛咒漢武帝。可憐的太子百口莫辯。

⑥ 當時，漢武帝在長安城外的甘泉宮養病，太子無法面見父王為自己辯解。情急之下，太子只得一劍刺死了江充。

⑦ 江充的同黨見了，急忙跑到甘泉宮，向漢武帝誣告太子謀反。漢武帝信以為真，派丞相劉屈氂（粵音厘）領兵捉拿太子。

8 為了抵抗漢武帝的鎮壓，太子拿着兵符，來到負責長安城禁衛的北軍營中，請求將軍任安發兵援助自己。

9 任安一點也不想捲進這場政治鬥爭中。他接受了太子的兵符，卻轉身進了軍營，並命人把大門關上，再也沒有出來。

10 太子只好臨時召集人馬，與丞相劉屈氂率領的軍隊交戰。這場大戰十分慘烈，僅僅幾天雙方就死傷過萬。

11 因被冠上「謀反」的罪名，太子不得民心，劉屈氂一方得到了百姓的支持，兵力不斷增多。最終太子兵敗逃走，畏罪自殺。

12 事後，漢武帝得知太子曾求助於任安，但任安拒不發兵。他覺得任安對自己忠心耿耿，因此對任安讚許有加。

13 任安的軍隊裏有一個管理錢糧的小官，他曾與任安有過節，因此借機向漢武帝告發，說任安曾答應太子出兵。

14 漢武帝惱怒地說：「原來任安不出兵，是想坐觀成敗，等雙方勝負已定時再表明態度。這種懷有二心的人，不可留！」

15 於是，漢武帝立即命人前去逮捕任安。最後，任安被腰斬於市。

成語百寶箱

小朋友，下面藍色字的成語都是你們在這本書裏學過的，它們有一些共通點，可以歸納為同一類成語。我們將它們分類後，便可學習更多相關的成語！

與戰爭有關的成語

兵貴神速	哀兵必勝	聲東擊西
厲兵秣馬	背水一戰	所向披靡
圍魏救趙	草木皆兵	
按兵不動	反戈一擊	
偃旗息鼓	驕兵必敗	

含有交通工具的成語

破釜沉舟	安步當車	閉門造車
同舟共濟	杯水車薪	學富五車
木已成舟	螳臂擋車	
順水推舟	前車之鑑	
刻舟求劍	車水馬龍	

含有兵器的成語

暗箭傷人	大刀闊斧	口蜜腹劍
兵不血刃	大動干戈	臨陣磨槍
拔刀相助	單刀赴會	鳥盡弓藏
唇槍舌劍	單槍匹馬	自相矛盾

讚頌醫護人員的成語

對症下藥	仁心仁術	懸壺濟世
救死扶傷	捨生忘死	藥到病除
妙手回春	手到病除	治病救人
起死回生	無微不至	着手成春

含有動物的成語

打草驚蛇	對牛彈琴	狡兔三窟
一箭雙鵰	九牛一毛	兔死狐悲
虎視眈眈	守株待兔	畫蛇添足
騎虎難下	羣龍無首	杯弓蛇影

含有計量單位的成語

退避三舍	斤斤計較	千載難逢
半斤八兩	近在咫尺	一落千丈
尺短寸長	刻不容緩	一日千里
分秒必爭	千鈞一髮	一絲一毫

含有疊字的成語

多多益善	歷歷在目	頭頭是道
比比皆是	悶悶不樂	心心相印
憤憤不平	姍姍來遲	栩栩如生
井井有條	滔滔不絕	風度翩翩

形容陷入困境的成語

四面楚歌	山窮水盡	窮途末路
八方受敵	進退維谷	插翅難飛
鳥入樊籠	進退失據	
腹背受敵	進退兩難	

在書中找找看，還有哪些同類成語吧！

孩子愛讀的漫畫中國經典
成語故事④謀略篇

編　　繪：幼獅文化
責任編輯：林可欣
美術設計：張思婷
出　　版：園丁文化
　　　　　香港英皇道 499 號北角工業大廈 18 樓
　　　　　電話：(852) 2138 7998
　　　　　傳真：(852) 2597 4003
　　　　　電郵：info@dreamupbooks.com.hk
發　　行：香港聯合書刊物流有限公司
　　　　　香港荃灣德士古道 220-248 號荃灣工業中心 16 樓
　　　　　電話：(852) 2150 2100
　　　　　傳真：(852) 2407 3062
　　　　　電郵：info@suplogistics.com.hk
印　　刷：中華商務彩色印刷有限公司
　　　　　香港新界大埔汀麗路 36 號
版　　次：二〇二二年十一月初版
　　　　　二〇二四年五月第二次印刷

ISBN: 978-988-76251-5-5
Traditional Chinese Edition © 2022 Dream Up Books
18/F, North Point Industrial Building, 499 King's Road, Hong Kong
Published in Hong Kong SAR, China
Printed in China